公主傳奇 ④

不是公主不聚頭 修訂版

馬翠蘿 著

新雅文化事業有限公司
www.sunya.com.hk

人物簡介

❖ 周曉星 ❖

周曉晴的弟弟，一個風趣幽默的淘氣精，不時有天馬行空的奇怪想法。

❖ 馬小嵐 ❖

來自香港的烏莎努爾公主，聰明美麗、正直善良。敢於向困難挑戰，最喜歡說的話是「天下事難不倒馬小嵐」。

❖ 周曉晴 ❖

馬小嵐的好朋友，
漂亮活潑，喜歡打
扮，最常做的事是
和弟弟鬥氣。

❖ 萬卡 ❖

烏莎努爾公國第十九
代國王，風度翩翩、
英勇果敢。是國民眼
中的好君王，小嵐和
曉晴曉星心目中的暖
心大哥哥。

目錄

第一章
落難公主

三萬呎高空上，「皇家一號」飛機正以高速飛往烏莎努爾公國。機艙裏是剛從南非探險回來的馬小嵐等人。

萬卡在駕駛艙駕駛飛機。闊大的豪華客艙裏，只有馬小嵐、周曉星和利安三人。曉星仰面八叉躺在座椅上，自從飛機起飛後，他就一直嘟嘟囔囔地在發洩不滿：「臭小嵐姐姐，壞小嵐姐姐，放着豪華郵輪不坐，偏要急着回去，哼！」

原來他是在生小嵐的氣呢！藍色公主號郵輪行政總裁饒一茹，因為小嵐和利安之前在郵輪上被綁架，令他們一班人都沒能享受到那次郵輪假期，心裏很過意不去，所以盛意拳拳地邀請他們再乘搭一次。本來行程已安排好，而且這次的行程更理想，沿途風光更美，但因為胡魯國的茜茜公主昨天深夜突然到訪烏莎努爾，作為國王的萬卡必須回去接待，而小嵐經考慮

後，也決定跟萬卡一起回國，所以旅行取消了。這事讓曉星嘴巴撅得可以掛個瓶子，自登機後，他就沒停過埋怨。

「嘮嘮叨叨的像個老太婆，你煩不煩！」小嵐乾脆用大衣蒙着頭，不理他。

利安幫着小嵐説話：「是呀，曉星你煩不煩！人家茜茜公主遠道而來，又是萬卡青梅竹馬的朋友，小嵐當然要回去幫忙接待。小嵐才不像你呢，只顧玩！」

曉星説：「利安哥哥，你就知道偏幫小嵐姐姐，哼，要是妮娃在就好了，她一定支持我，跟我一塊去坐郵輪！」

妮娃是曉星的好朋友，也是利安的妹妹、萊爾首相的小女兒。

「我看不一定呢，妮娃也是個很懂事的孩子啊⋯⋯」利安説着，笑嘻嘻地瞟了曉星一眼。

「哦，你是説我不懂事！」曉星坐了起來，他隨即反擊説，「利安哥哥，我明白了，一定是你叫小嵐姐姐回去的！」

利安説：「為什麼？我為什麼一定要小嵐回去

呢?」

「我就是知道!」曉星古靈精怪地擠擠眼睛,「你想回去看美女。你知道前幾年互聯網舉行世界美少女公主選舉,茜茜公主排名第一,所以你想回去看美女!我沒說錯吧?」

曉星得意洋洋的,認為抓住了利安的「痛腳」。

「哈!真好笑!你這小子小狗嘴吐不出象牙,你以為我沒見過美女嗎?眼前就有一個全世界最美的。」利安邊說邊笑嘻嘻地看着小嵐。

「這……」曉星沒詞了,因為小嵐姐姐也是他心目中最美的女孩呢!

小嵐可沒心思聽他們胡說八道。

她蒙着頭在想心事。其實,她自己也搞不清楚,為什麼放着郵輪假期不去享受,也暫緩追查自己身世之謎,跟着萬卡跑回烏莎努爾,去接待一個不認識的外國公主。

難道……難道……難道是因為……不可能,不可能!

那公主真的那麼漂亮嗎?現在那些什麼什麼選舉多如牛毛,許多所謂選美冠軍都名不副實,說不定,

這茜茜公主小眼睛大嘴巴麻子臉，只因為她們國家給了選美主辦機構多少多少贊助，內定她為冠軍罷了。

哼，不好好地呆在胡魯國，來烏莎努爾幹什麼？萬卡跟她很要好嗎？青梅竹馬？哼，青梅竹馬又怎麼樣？不就是小時候一塊玩過嘛！自己跟萬卡是經歷了生與死的考驗，是生死之交，比她青梅竹馬勝過千倍萬倍！

馬小嵐啊馬小嵐，為什麼老詆毀人家，幹嘛這麼緊張人家是不是真的漂亮？這麼緊張人家是否和萬卡很要好？

不是吧，自己喜歡萬卡？認識萬卡多久了？才一個多月吧！是喜歡他勇敢、堅強的性格？還是喜歡他高大俊朗的外型？抑或是因為萬卡數次在危難關頭救了自己，自己心存感激？

不知道。反正，小嵐現在有一種很奇怪的感覺，總想見到萬卡。

糟了，自己喜歡上男孩子了，自己愛上烏莎努爾國王萬卡了。

但是，這王后可不是好當的呀！自古宮門深似海，搞不好，自己從此就像一隻籠中鳥一樣，沒有自

由了。

小嵐用她富於想像的腦袋，想像着一隻小鳥在籠子裏東碰碰西撞撞，頭破血流的樣子，不由得大聲地歎了一口氣。

「小嵐姐姐，你怎麼啦？」小嵐眼前一亮，是曉星揭開了她蒙在頭上的大衣，正訝異地看着她。

小嵐一把搶回大衣，説：「沒什麼，做了噩夢，被狗追了。」

曉星狐疑地説：「小嵐姐姐怕狗？」

「是呀，我怕狗，很奇怪嗎？大驚小怪！」小嵐很不耐煩地説。

「不對呀，小嵐姐姐，你從來都不怕狗的呀！」偏偏曉星追根問底。

「這傻小子！」小嵐心裏罵了一聲。

幸好這時廣播器響了。從駕駛艙傳來萬卡的聲音：「小嵐，飛機已到達烏莎努爾上空，請你們繫好安全帶，飛機馬上要降落了。」

十分鐘後，飛機降落在烏莎努爾國際機場。等候多時的摩托車隊及兩輛勞斯萊斯，把萬卡等人送回皇宮。

萬卡和小嵐同坐一輛車。小嵐問萬卡：「茜茜公主來烏莎努爾，是進行國事訪問嗎？」

　　萬卡搖搖頭說：「不知道啊，其實我也一直覺得奇怪，胡魯國也是舉足輕重的大國，公主出訪，也是一件大事啊，為什麼這樣突然，事前也不知會一聲。不會出什麼事吧！」

　　萬卡說完，微皺雙眉，在思索着。眉心處，露出了兩道淺淺的豎紋。

　　小嵐不由得偷看了他幾眼。她覺得，這是萬卡最動人的時候，堅毅、睿智、帥氣，這正是小嵐心目中真正男子漢的模樣。

　　車隊一進皇宮，賓羅大臣就迎了上來，他後面還跟着曉星的姐姐曉晴和利安的妹妹妮娃。兩個女孩子衝了過來，曉晴抱着小嵐，妮娃拉着曉星，哇哇大叫着，那樣子好像幾年沒見面似的。緊接着她們又吱吱喳喳問了很多問題：「所羅門山洞很大嗎？裏面是不是放滿鑽石？」「那飛碟跟電影裏的飛碟是不是一樣的？」「那些土著人兇嗎？他們會不會講英文？」

　　就算小嵐和曉星每人有幾張嘴，恐怕都沒法應付這兩個「問題少女」。

賓羅大臣把萬卡請到一邊，神情凝重地説：「國王陛下，胡魯國可能出大事了。茜茜公主來訪有點不尋常，她是隻身一人來的，她一直神情恍惚，我問她出了什麼事，她也不肯説，只説要等你回來！」

　　他雖然壓低了聲音，但仍讓耳尖的小嵐聽到了，她也覺得茜茜公主的確奇怪。她把吹牛皮的機會留給曉星，自己朝萬卡和賓羅大臣走了過來。萬卡見到小嵐，便説：「你跟我一塊去見茜茜公主，其他人回去休息吧！」

　　曉星聽見了，死活不肯：「不，我也要跟你們一塊去見公主！」

　　利安也説：「是呀，我們不累，一塊去吧！」

　　賓羅大臣説：「利安，你還是跟妹妹先回去吧！你媽媽今天打了不下十次電話來，問你什麼時候到。你出外多天，她挺惦念你的，你趕快回家去吧！」

　　利安挺無奈的，他説：「好吧，我先回家去，再聯絡！」

　　利安和妮娃回家去了，萬卡和賓羅大臣，還有小嵐和曉晴姐弟，一行人徑往御花園而去。賓羅大臣説，公主今天一早就去了花園，在那裏呆坐着，連午

飯都沒吃。

走進花園，繞過噴水池、假山，遠遠看見了一片綠茵茵的草地。走近時，他們看見了一個美麗的身影——

綠草地上，坐着一個黃衣女孩，她細長臉，鼻高嘴小，一頭鬈曲有致的長髮遮了她半張臉。此刻，她低着頭，垂着眼睛，臉上愁雲密布。

萬卡喊了一聲：「茜茜公主！」

女孩抬起眼睛，那眸子是藍色的，跟天空的顏色一樣，好美。

她驚喜地跳了起來：「萬卡！」

轉眼間，她已跑了過來，一頭撞進了萬卡懷裏，又用手緊緊摟住萬卡的腰。

「萬卡，我好想你，好想好想好想！」

萬卡顯得手足無措，他呆站着。

小嵐嘟起了嘴。

「糟糕，小嵐姐姐有情敵了！」曉星説着衝了上去，拚命掰開茜茜公主的手。

「你是誰？」茜茜公主低下頭，看着曉星。

「我是可愛的曉星。」

「你要是不打擾我，會更可愛一些。」茜茜公主又轉對萬卡說，「萬卡，我有很多話要跟你說。」

曉星一想糟了，茜茜公主一定是要跟萬卡哥哥說「I love you」。他急了，一使勁，把茜茜公主推開了：「我不許你抱萬卡哥哥，不許！」

茜茜公主愣了愣，忽然一頓腳，「哇」一聲大哭起來。她哭得好傷心，眼淚像斷線珠子一樣，「啪噠啪噠」落在衣襟上。

在場的人都呆了。

茜茜公主一邊哭一邊嚷嚷着：「我大伯伯欺負我，我奶奶欺負我，大臣們欺負我，全世界都欺負我！現在來到這裏，連你們也欺負我！哇，爸爸呀，你為什麼要離開我，這世界上再也沒有人疼我了……」

萬卡大吃一驚：「你說什麼？你父親……你父親究竟出了什麼事？」

「茜茜公主，別哭別哭，曉星小孩兒不懂事，他跟您鬧着玩呢！」賓羅大臣趕快走過去說，「您有什麼煩惱就請說出來，萬卡國王一定會幫您的。」

「哇——」茜茜公主一頓腳，跑了。

「茜茜公主！」大家一邊喊着一邊追了過去。

一個花王扛了把梯子，往一棵大樹下一放，正想爬到樹上剪枝。正好茜茜公主跑至，她把花王一推，自己攀着梯子爬上了樹，一屁股坐在樹椏上。

　　眾人跑到樹下，見到此情景，不禁揑了一把汗，那樹椏離地有三四米，掉下來可不是好玩的。

　　「茜茜公主，危險啊，請您趕快下來，趕快下來！」

　　「不下，就不下！」茜茜公主說着，還用腳一踢梯子，免得有人爬上來。那梯子倒在地上，啪啦一聲，散開了。

　　「爸爸呀，您死得好慘！」茜茜公主繼續哭喊着，「女兒不能替您報仇，活着又有什麼用？我乾脆死了算了！」

　　茜茜公主把屁股挪了挪，一副要跳下來的樣子。

　　「你別、別……」

　　樹下一片驚呼。萬卡還本能地伸出雙手，作出想接住茜茜公主的姿勢。

　　幸虧茜茜公主又停止了動作，沒有往下跳。

　　小嵐撥開眾人，走近大樹。在樹上樹下的人都還沒反應過來時，她已經敏捷地抱住樹幹，往上一躥一

躥的，一眨眼工夫就爬上了樹，坐到了茜茜公主身邊。

茜茜公主顯然被小嵐的舉動嚇住了，她住了聲，眼睛一眨一眨地看着小嵐。

賓羅大臣命人火速拿救生墊來。

茜茜公主回過神來，驚訝地對小嵐說：「你好厲害！直到現在，我還沒學會徒手爬樹呢！」

小嵐說：「爬樹有什麼了不起，我連攀岩都可以呢！幾百米高的山岩，我能一口氣爬上去。」

「哇！你好像武俠小說裏的女大俠啊！」茜茜公主眼裏流露出佩服的神情，她拉住了小嵐的手，「請問女大俠尊姓大名？」

「我是馬小嵐。」

「馬小嵐？」茜茜公主尖叫起來，「噢，你就是那個幫助萬卡哥哥解開謎團，讓霍雷爾王族重新執政的那位小嵐公主？」

「噢，你也知道呀！」小嵐有點得意。

「太好了！太好了！我千里迢迢來到烏莎努爾，就是為了讓萬卡哥哥介紹我認識你呀！」

茜茜公主興奮地抓住小嵐的手。不幸的是，她忘

了自己是坐在樹上。她也許是想站起來說話，但結果雙腳挨不到地，反而往下一墜，連小嵐也被她扯下去了……

　　樹下一片驚呼。

第二章
王子中槍之謎

別擔心，小嵐和茜茜公主沒有被摔死。故事還長着呢，她們怎能死？

賓羅大臣已經及時讓人在樹下鋪上了救生墊。

兩個公主可一點沒害怕，她們手牽手坐在厚厚的救生墊上，「哈哈哈」地傻笑了一番，才親親熱熱地站起來了。

大家都愣愣地看着她們，不知道她們笑什麼。別是把腦子摔壞了吧？

賓羅大臣首先跑過去，迭聲問道：「兩位公主，你們沒摔着吧？」

小嵐說：「伯伯，您放心吧！我們好得不得了，沒碰着沒摔傷。」

「對對對，我們沒事，沒事！」茜茜公主又急切地對萬卡說，「其實我這次來，是有很要緊的事找小嵐幫忙，我們一塊談談好嗎？」

萬卡點頭說：「好啊！那我們去小嵐住的嫣明苑吧！」

小嵐和茜茜公主在前面走着，一行人跟在後面。那兩個公主，手拉手，很是親熱。

「那個刁蠻公主給了什麼迷藥小嵐姐姐吃，你們看小嵐姐姐跟她這麼友好，好像已交了八輩子的朋友。」曉星一路嘀咕着，有點不開心，「開始還怕她搶了萬卡哥哥，現在倒好，把小嵐姐姐搶走了！」

「哼！」曉晴悶哼一聲，話裏帶着酸味，「小嵐有了新朋友了，不理我們了！」

這姐弟倆，吃醋了！

賓羅大臣一旁聽着，不禁笑了起來，真是小孩子！

賓羅大臣一早已叫經人通知了小嵐住的公主府第——嫣明苑，所以一行人剛到，小嵐的管家瑪亞便笑盈盈地迎出來，把他們帶進了第一會客室。

兩名侍女奉上香茶及各式精美小點。

剛坐下，萬卡便急切地問：「茜茜公主，快說說，胡魯國究竟發生了什麼事？」

「小嵐，你一定要幫我……」茜茜公主突然放聲

大哭起來，哭得渾身打顫。

小嵐趕緊摟住她的肩膀：「別哭別哭，我們一定會幫你的！」

茜茜公主在小嵐的安撫下，一邊抽泣着，一邊把心中冤屈和盤托出。胡魯國皇室果真發生了驚人事件。

胡魯國是一個歷史悠久的君主制國家，現時統治國家的是茜茜公主的奶奶——瑪麗女王。女王在位四十年，國泰民安。她丈夫早年去世，現在膝下有兩個兒子，均已結婚生子。長子即王儲米高，家有妻子及兒子約翰；次子麥克，妻子在多年前去世，留下一位小公主茜茜。

事情就發生在米高和麥克兩位王子身上。

胡魯國皇室人員都喜歡打獵，一周前，正值國慶假日，女王偕同兩個兒子前往皇家獵場狩獵。那天天高氣爽，兩位王子先是跟眾人一起圍剿獵物，後來，因追趕獵物，兩人策馬跑入密林中去了。不一會，人們聽到密林深處傳出一聲槍響。女王以為兩位王子打中了什麼獵物，便讓侍衛去看看，沒料趕至時，卻見到驚人一幕——王儲米高呆站着，在他腳下，二王子

麥克滿臉鮮血，頭部中槍倒斃在地。

麥克傷重去世，而米高清醒過來後，已完全記不起事發經過。醫生說，人腦有時會排斥一些太刺激太恐懼的記憶，這部分記憶有的人可能會在電光火石間記起來，也有的人一輩子都無法想起。

經查證，子彈是從麥克槍中射出的。如果說是他自己打傷自己，那是很不可思議的事，因為人們設想出各種原因，嘗試了各種角度，都很難造成他頭上的槍傷。但是，要說是米高殺死弟弟，無任何人證物證，也無殺人動機──米高已是王儲，不存在篡位，米高家有一位絕世美人的妻子，不存在奪妻；何況兩兄弟平日感情很好，怎會去傷害對方……

身為母親的女王，受到事件打擊，病倒了。國不可一日無君，所以經兩院共議，女王同意，宣布槍擊事件純屬意外，王儲米高即日起代理女王行使權利，處理國家大事。

這件事最大的受害者當然是茜茜小公主，她幼年喪母，由父親撫養長大，一向父女情深。父親一死，她頓時變成孤女。對於父親的死，她橫看豎看，都認為疑點重重，父親絕不可能是走火致死。她認為奶奶

及兩院的決定太不公平，令父親死得不明不白。她執意認為是大伯伯殺死父親，一氣之下，離家出走，來到烏莎努爾……

會客室裏安靜得連蒼蠅飛過都聽得見，大家都用同情的眼光看着茜茜公主。

但是這又確實是一宗無頭公案。雖然事件可疑，但沒證人，沒作案動機，又的確難以說是王儲謀殺弟弟。

「小嵐你能幫我嗎？我就知道，爸爸是大伯伯殺死的，一定是！」茜茜公主流着眼淚說。

小嵐沒說話，她在考慮着槍擊案的每一個細節。

茜茜公主見到小嵐不作聲，着急了：「小嵐，是不是連你都不肯幫我了？！」

曉星此時不但不再呷茜茜公主的醋，反而很同情她，他對茜茜公主說：「公主姐姐，你別着急，小嵐姐姐不作聲，是在想事情呢！她一定會幫你的，我們也一定會幫你的。」

「曉星說得對，小嵐一定會想出辦法幫你的。」萬卡也安慰茜茜公主說，「不管事情發展成怎樣，烏莎努爾永遠是你的堅強後盾，我們永遠是你最忠實的

朋友。」

　　連之前對茜茜公主很不滿的曉晴，也都體貼地說：「是呀，茜茜公主，你別着急，天大的事有萬卡國王，有小嵐，有我們呢！」

　　茜茜公主感激地看着眾人，說：「你們真好！雖然我沒了父親，奶奶也不幫我，但有了你們，我覺得自己又有了希望。」

　　賓羅大臣坐在一旁一直沒作聲，事情讓孩子們自己去處理吧！

　　小嵐這時「騰」地站了起來，說：「好吧，天下事難不倒馬小嵐！茜茜，你這個忙我幫定了，我一定要把王子槍擊案的真相查個水落石出！」

　　茜茜公主一聽破涕為笑，她一把摟住小嵐，往她臉上親了又親，弄得小嵐「哎哎哎」地嚷着，左躲右閃。

　　這時，會客室的電話響了，曉星拿起聽筒聽了一會，便喊道：「萬卡哥哥，胡魯國代理國王米高先生找你。」

第三章

大使馬小嵐

　　烏莎努爾公國的御用飛機——「皇家一號」在藍天翱翔。飛機上除了機組及特勤人員之外，只有四名乘客，由萬卡國王任命的大使馬小嵐、副使周曉晴和周曉星，他們正肩負護送胡魯國小公主茜茜回國的任務，並且代表萬卡國王探視患病的女王。至於偵探破案嘛，那是秘密任務，不能公開。

　　昨天，胡魯國米高代國王打來電話，懇請萬卡說服茜茜公主回國，免得一眾親人掛心。萬卡國王跟小嵐、茜茜公主商量之後，決定將計就計，讓馬小嵐擔任全權大使，護送茜茜公主回國，趁機調查王子槍擊一案。

　　這事本來沒有曉星的份兒，萬卡是讓小嵐跟曉晴兩個送公主回國的，說是幾個女孩子一路上方便互相照顧。但曉星卻不依不饒，連曉晴姐姐都當了副使，他太沒面子了！將來回到香港，姐姐肯定把這事當作

特大新聞滿世界宣布，自己當了大使怎麼怎麼威風，到那時自己怎麼辦？總不能跟人家解釋「有更重要任務要執行」或「本來也是大使，只是臨上機前拉肚子」等等等等吧？

於是他死纏爛打要萬卡讓他跟着去，還振振有詞地說有十大理由。

理由一，上次在非洲每每部落，他已經擔任過友誼大使，負責搞好跟土著部落的「外交關係」。結果，他做得很成功，還跟土著酋長的女兒蘇蘇成了好朋友。所以這次出使胡魯國，如果有他出馬，一定「無往而不勝」；

理由二，小嵐每次寫小説，或者受命破案，他一直是最得力的助手，這次小嵐姐姐要去胡魯國破槍擊案，沒了他，沒準就破不了案，無功而返；

理由三⋯⋯

沒等到他説出第三個理由，小嵐就被他的喋喋不休煩到半死了，只好跟萬卡説：「救命啊，讓這小子去吧！」

這事讓曉星美得不得了，他也不顧曉晴猛朝他翻白眼，逢人就讓他們叫自己「周大使」。曉星還要瑪

亞給他置了一套出使「行頭」——名牌西裝，名牌皮鞋，外加一條名牌領帶。他說，大使就要有個大使樣子嘛！

上機後，一眾男孩女孩大呼小叫爭位置坐，熱鬧了好一陣子，直到吃完午餐才安靜下來。

茜茜公主小鳥依人地挨着小嵐，雖然她比小嵐還大兩個月，但看她那樣子，倒像是小嵐的小妹妹似的。此刻，她頭靠在小嵐肩上，在默默地想着什麼。

小嵐則在思考着胡魯國的那件無頭公案，其實她一點頭緒都沒有呢！也許，正如兩院所裁定，那只是一宗意外事件，只是茜茜公主因為不肯接受父親去世的現實，才認定王儲是殺父仇人。即使真是王儲因為某種原因殺死弟弟，但這已經定了案的事，自己又如何着手再作調查呢？而且是在一個如此陌生的國度。只是見到茜茜的可憐樣子，小嵐才一力承擔要幫她查明真相。

曉晴就抓緊時間進行臉部「修葺」工作，拿着把小鑷子在修剪眉毛，見她隨着手部每一下的動作呲牙咧嘴的，就知道拔眉毛這事兒還挺不好受的呢，但對曉晴來說，「愛美不愛命」，為了漂亮，痛也值得！

這天天氣好極了，飛機在雲海上飛着，很平穩，連一點顛簸都沒有，這讓素有「飛機恐懼症」的曉星很高興。他一會兒背着手在機艙裏踱步，説是預習一下下機時怎樣才能讓自己顯得更「有型有格」。一會兒又在有限的空間裏，給茜茜公主耍着剛學來的所謂「太極功夫」，説是給新認識的公主姐姐看看他的大俠風采。

　　茜茜公主開頭還蠻有興趣地看了一會，但很快就意興闌珊了，那雙美麗的眼睛半瞇着，似乎有點犯睏。而小嵐被曉星走來走去晃花了眼，一臉的不耐煩。曉晴就一直專注地盯着小鏡子，正眼也沒瞧他一眼。可惜那小子正在興頭上，竟一點也沒察覺到。

　　不知道是終於發現三個姐姐對他的漠視，還是他自己折騰累了，一個小時之後，曉星終於以一個很誇張的動作，倒在一張大沙發上，呼哧呼哧地喘着氣。

　　小嵐和茜茜公主怕他稍為緩過氣之後又再「捲土重來」，急忙閉上眼睛裝睡。曉晴就乾脆把椅子轉了個方向，把背對着他。

　　幸虧瞌睡蟲把曉星征服了，不一會就聽到他呼呼的打鼾聲。

飛機第二天傍晚才到達胡魯國，當機艙門一打開，小嵐就嚇了一大跳——不是吧！自己只不過是一個公主身分，怎麼竟然勞駕到國王親自來迎？不是嗎，那停機坪上站着的兩行歡迎隊伍中，領頭的，分明是胡魯國王儲、代理國王米高——她臨出門時研究過胡魯國的情況，見過王儲的照片。

小嵐心裏未免有點嘀咕，她邊想着，邊領先走下了舷梯。茜茜公主隨後，之後是曉晴、曉星。

米高王儲笑吟吟地迎上來。小嵐迅速把他打量了一眼，只見他黑頭髮，藍眼睛，高鼻子，臉上還帶着和藹可親的笑容，是一位很英俊很有修養的中年人。

「樣子很正氣啊！不像是個會殺兄弟的人。」小嵐暗想。

小嵐平時大大咧咧，但每當這種外交場合，她都很有分寸，禮數周到的。

當下，她雙膝微微一屈，行了個很優美的宮庭禮，說：「有勞王儲親自來迎，小嵐實在惶恐！」

王儲輕輕擁抱小嵐，又以好聽的男中音說：「小嵐公主請勿客氣！我國和烏莎努爾為兄弟之邦，一向友好。加上這次貴國幫我們照顧茜茜公主多天，現在

又由小嵐公主親自護送回來，我們都感激不盡，所以很應該親自來迎接。」

米高又走向茜茜公主。

他好像很激動，張開雙手，把茜茜整個攬在懷裏，就像父親擁抱自己的女兒一樣。

小嵐心想，這王儲，想來真是個重骨肉情的人，他心裏一定想彌補茜茜公主失去父親的遺憾，希望像父親一樣去關懷和照顧小侄女。

「茜茜，你回來了，回來就好！回來就好！」他說話誠懇，不像是裝出來的。

小嵐在旁觀察着，心裏很感動。

但茜茜公主卻臉色冷冷的，她伸手堅決地把米高推開了。

情況頓時變得尷尬。

幸好這時曉星把手伸向了米高國王：「王儲叔叔，我是曉星，是萬卡哥哥派我保護公主回國的。」

這正好給了米高一個下台階，他笑着轉向曉星：「非常感謝曉星先生保護公主平安歸來。」

曉星笑得合不攏嘴，他說：「不用謝！王儲叔叔，我會打太極呢，我現在就耍幾招給您看！」

說完，他就真的擺開架勢耍起來了。他這幾招還是跟小嵐學的，雞手鴨腳，準確度不足一成，但王儲還是很有禮貌地給他鼓掌：「好，好！曉星先生還真了不起呢，會中國功夫！」

　　曉星十分得意，說：「王儲叔叔，有機會我教您！」

　　曉星這麼傻哈哈地一鬧，倒是沖淡了茜茜公主帶來的尷尬，氣氛輕鬆多了。

　　小嵐在一旁看着，心想，看來把這小子帶來是對了。

　　一列長長的車隊把小嵐等人接到了那富歐陸風格的皇宮，安排在接待國賓的迎賓樓住下。

　　米高王儲對小嵐說：「小嵐公主，曉晴小姐，曉星先生，這一路上你們也辛苦了，先休息一下吧。我們安排了晚宴，等會有車來接你們。」

　　他又轉身對茜茜公主說：「茜茜，我送你回家。」

　　但茜茜公主一點都不給面子：「不，我今晚要跟小嵐住在迎賓樓。」

　　小嵐忙打圓場說：「王儲殿下，茜茜公主一路已

跟我成了好朋友，我也很想跟她多呆一會，您就讓她在這睡一晚吧。」

米高王儲也不堅持：「那也好，就讓茜茜留在這裏吧！」

晚宴上那些繁文縟節，令小嵐累透了，臉上的表情也有點僵了。好不容易熬到結束，她回到賓館，洗了個澡，就馬上上牀休息。正矇矓間，發現有人輕手輕腳爬上了她的牀，在她身邊躺下。

「是誰？！」小嵐嚇了一大跳，猛地坐了起來，伸手扭亮台燈。原來是茜茜公主。

「嚇死我了！還以為這皇宮深苑裏也有色狼。」小嵐嗔怪地瞪了茜茜公主一眼。

「對不起囉！人家一個人睡，害怕嘛。」茜茜公主眼睛一眨，好像要掉眼淚了。

「唉，你呀！」小嵐無奈地說，「一塊睡就一塊睡，但你可要有思想準備哦，我這人睡覺不安穩，小心半夜裏蹬你一腳，把你踹到地上。」

「那我睡裏面好了！」茜茜公主把枕頭往裏面一扔，又小貓般輕盈地一躍，躍到牀的靠裏面。

不到幾秒鐘，裏面就傳出了輕輕的鼾聲。

這回輪到小嵐睡不着了。

她想起了晚宴時的情景。飯桌上除了王儲夫婦之外，就是一班政要夫人，大家彬彬有禮，敬茶讓菜，或者正兒八經地談論世界大事。而曉星不遑多讓成了晚會之「星」，他的多嘴多舌，令到一班夫人開心不已，而他的「中國功夫」，更將氣氛拉到了高潮。沒想到他的三腳貓功夫，還真糊弄住了那班貴夫人，她們把手掌都快拍爛了。那位財長夫人，還拉着曉星，說要跟他學太極呢！

小嵐只管讓他「瘋」去。反正自己跟那班貴夫人也沒什麼話好說的，省得大家沒話找話，要搬出「今天天氣哈哈哈」來打發時間，她也好專心地去好好觀察一下王儲夫婦。

儲妃雲妮長得好美，樣子很像一位著名影星。像誰呢？對，像小嵐很喜歡的一部老電影——《時光倒流七十年》裏的簡·西摩！眼睛很大，像會說話似的，五官很標緻，就像名畫師畫出來的美人。她還很有氣質，一舉手，一投足，無不散發出迷人的魅力。米高王子很愛她，一晚上，都像呵護一個小女孩似的，不時替她拿好吃的，還不時問寒問暖。

小嵐對這兩夫婦很有好感。她想，茜茜這小妮子，也許想父親想瘋了，非要抓住大伯伯不放。不過，她突然沒了父親，挺可憐的，就順她的意思偵查一下吧，證實此事純屬意外，讓她接受現實，免得她老是生活在仇恨之中。

　　想着想着，她睡着了。

第四章
案件重演

　　小嵐一大早便醒了，她不可以睡懶覺，因為禮賓司安排她今天上午去探望女王。

　　茜茜公主還在熟睡，小嵐沒吵醒她，自己躡手躡腳起來了。梳洗打扮後，她便坐在客廳裏看報紙。這時，有腳步聲傳來，她扭頭一看，是禮賓司副司長、女王秘書兼保鏢安娜。

　　安娜朝小嵐鞠了一躬，說：「小嵐公主早安！」

　　「早安！」小嵐點頭微笑說。

　　安娜一臉抱歉地說：「小嵐公主，因為女王今早身體不適，不方便接見您，所以今日的安排要押後。」

　　小嵐擔心地問：「她老人家怎麼了，要緊嗎？」

　　安娜說：「謝公主關心。女王病情已有好轉，現在家裏休養，她今天只是……只是……」

　　小嵐說：「只是什麼？你說說看，我也想幫她

呢！」

安娜歎了口氣，説：「茜茜公主不聲不響跑去外國，已經令女王牽腸掛肚的，現在公主雖然回來了，但又一直沒去見她，女王心裏挺難受的。」

小嵐説：「哦，原來是這樣。那我試試去説服茜茜公主，讓她去看望女王陛下。」

「謝公主！」安娜很開心的樣子，她又説，「司長讓我告訴您，本來今天還給您安排了好些參觀活動的，但茜茜公主卻説，她想自己帶您去玩，不知您意思怎樣？」

小嵐笑着説：「不要緊，那就讓茜茜公主安排吧！」

「是！」安娜又鞠了個躬，退下了。

這時候，茜茜公主擦着眼睛走來了：「剛才來的是誰？」

小嵐説：「是安娜。她説你奶奶今早起來不舒服，暫時不見我。」

茜茜公主馬上露出擔心的樣子，追問：「她不舒服？她怎麼啦？」

小嵐白了她一眼，説：「説不定是讓你氣的呢！

聽説你回來以後，還沒有去看你奶奶呢！」

茜茜公主嘟起嘴：「怎麼沒有，我昨晚去了。不過沒進去，只在門縫裏瞧了一陣子，看她睡得好不好。」

小嵐沒好氣地説：「你奶奶説不定多想你呢，你倒好，過家門而不入！」

茜茜公主的嘴巴撅得可以拴一頭牛：「哼，誰叫她黑白不分，讓我父親死得不明不白！」

小嵐搖搖頭，説：「你沒有真憑實據，怎就一口咬定事情是你想的那樣呢？還連奶奶都不管了！」

茜茜公主一頓腳説：「瞧，連你也開始欺負我了，我現在要親人沒親人，要朋友沒朋友，哇！」

她又哭起來了。眼淚大顆大顆地往下掉，「叭噠叭達」的，前襟濕了一大片。

「喂，好啦好啦！我又沒説不幫你，你別再哭了。」小嵐最怕她哭，嚇得急忙哄她。

茜茜公主擦着眼淚，説：「那我今天就帶你到皇家狩獵場，看看有什麼能幫助破案的線索。」

「好吧，叫上曉晴曉星一塊去。」

吃完早餐後，茜茜公主叫來一輛轎車，直奔皇家

狩獵場。

門口的衞士見了茜茜公主，忙敬禮，又問：「公主，要騎馬嗎？」

「騎馬？」曉星一聽就來勁，「騎啊騎啊！」

曉晴瞪了弟弟一眼說：「你會騎嗎？」

曉星滿不在乎地說：「不就坐到馬背上嘛，多容易。」

茜茜公主故意嚇唬他：「曉星，你別小看了這馬，牠盡欺負那些不會騎馬的人呢！你一坐上去，牠就晃呀晃呀，非把你晃下來再踩上一腳不可。」

「這個嘛……」曉星眨巴着眼睛，「那我就不騎了，倒不是我怕牠，只是……不想惹牠生氣。」

「噢，不想惹馬兒生氣，弟弟多懂事！」曉晴朝茜茜公主擠擠眼睛。

小嵐說：「我們乾脆走進去算了，反正都想散散步。」

四個人便一路沿着林中小徑，走進了狩獵場。

空氣挺好的，被香港的石屎森林包圍了十多年的小嵐，格外喜歡這大自然的清新，她一邊走一邊看，竟忘了來這裏的目的。走着走着，咦，身邊沒有人

了，原來她把茜茜他們三個人甩在後面了。

她正想折回去找他們，突然看見不遠處的樹叢中，鑽出了一個可愛的小腦袋，啊，是一隻小鹿！只見牠警惕地四處望了望，然後走了出來。好可愛的小鹿啊，全身褐色，只是前額有一片白⋯⋯

也許牠是迷路了吧，你看牠黑色的大眼睛透出慌張，嘴裏不時發出顫抖的叫聲，真可憐！

小嵐正在愣愣地看着、想着，忽然看見不遠處草叢中站起一個人，他正把手中的獵槍對準那隻小鹿。

「啊，小鹿快走！」小嵐急得喊了起來。

小鹿受驚，撒開四腿一眨眼就沒蹤影了。

那人快步走了過來。他個子很高，一身獵裝顯得他身形更加挺拔。走近時，小嵐才看清楚他原來是一個十七八歲的少年，劍樣眉毛下一雙像天空一樣藍的眼睛。他好像小嵐見過的一個人。

來人高高在上地打量了小嵐一眼，很不友好地問：「你是誰？幹嘛趕跑了我的小鹿？」

小嵐本來還想跟他說聲對不起，但見他這神情這語氣，很不以為然。就故意雙手在腰間一叉，大聲說：「我是誰？！我是森林保護神，專門保護弱小動

物，讓牠們免受壞人的傷害。」

「哦？」那人一聽，臉上表情反而緩和下來了。他似笑非笑地打量了小嵐一會兒，「這位森林保護神，好像是外籍人士呢！」

小嵐胸脯一挺，說：「沒錯！連我這個外籍人士都懂得保護貴國的小動物，但你卻殘忍地要傷害牠們，你不覺得羞愧嗎？」

少年臉上露出了微笑，說：「噢，對不起對不起，是我不對，在此向森林女神道歉。」

小嵐也笑了：「嘿，這還差不多！」

少年還想說什麼，這時林深處傳來一聲呼喚：「約翰，快來幫忙，快呀！」

「來啦！」少年猶豫一下，對小嵐說，「這裏偶然也會出現一些較兇猛的動物，你一個人小心點。」

他跑了幾步，又扭頭說：「再見，森林女神！」

小嵐撇撇嘴，說：「我可不想再見到你，小鹿殺手！」

「哈哈哈！」森林裏響起他一串笑聲。他撒開長腿，一下子就不見了影兒。

一陣呼哧呼哧的喘氣聲傳來，是茜茜公主他們來

了。曉晴埋怨地叫道：「小嵐，你跑哪兒去了？害得我們好找！」

小嵐笑着說：「誰叫你們走路像小腳女人一樣慢。」

「小嵐姐姐，你剛才跟誰說話了，我好像聽見你的聲音。」曉星氣吁吁地說。

「沒有啊，我只是跟一隻小鹿說話。」小嵐笑嘻嘻的。

「小鹿？這裏有小鹿？」曉星一聽便東張西望的，「小嵐姐姐，你真幸運，竟然見到一隻小鹿！早知道我就跟着你走快點了！」

「這裏不但有小鹿，還有野兔、野豬等等。最麻煩是遇到野豬了，牠長着又尖又長的牙齒，好可怕呢！」茜茜公主說。

曉星一聽，趕緊在地上撿了一根粗粗的樹枝，說：「三位姐姐，有我保護你們，不用怕！」

走了大半個小時，才到了槍擊案的案發地點。那裏跟別的地方沒什麼兩樣，只是地上的草幾乎全被踩過，全都倒伏在地，可見事發後有許多人來過這裏。

草地中間有一處用石灰撒成的人形圖案，應是二

王子中槍倒伏的地方。

茜茜公主早已淚流滿臉，她跪倒在地，叫道：「爸爸，爸爸呀！」

曉星拉着茜茜公主的手，説：「茜茜姐姐，別哭，別哭嘛！」

小嵐扶起茜茜公主，説：「茜茜，堅強點！你爸爸也不想看到你這樣呢！來，擦乾眼淚，跟我説説當時的情況。」

「嗯。」茜茜公主哭着應道。她擦擦眼淚，指着石灰人形，説：「這就是爸爸中槍倒地的地方。人們發現他時，他滿身鮮血倒在這裏，而大伯伯，就站在爸爸旁邊。」

小嵐問：「他們當時手裏有槍嗎？」

茜茜公主搖搖頭：「沒有。大伯伯的槍在他自己腳下。而爸爸的槍呢，在離他一米多的地方，一棵大樹腳下。」茜茜公主指指前面一棵樹。

小嵐見到那樹下有一個用粉筆打的記號，應是當時獵槍的位置。

據檢驗結果，二王子確是被他自己的獵槍打中的。

44

小嵐說：「你父親倒地時的姿勢是怎樣的，你知道嗎？」

茜茜公主說：「知道。我看過他們在現場拍的照片。」

「茜茜，唉，對不起，我不該惹起你的傷心事。」小嵐猶豫了一下，說，「我想案情重組，你能否……」

茜茜公主馬上說：「可以！為了找出真正的兇手，我什麼都可以做。」

小嵐拿來一大堆乾草，紮了個真人大小的草人，又請茜茜公主指出當日她父親身體中槍的位置。然後，小嵐試着讓草人向自己開槍，但是，按二王子身體中槍位置，那簡直是沒可能的事，不管小嵐怎樣擺弄草人，讓它更換各種姿勢，二王子根本沒可能自己走火造成那地方的傷口。

小嵐皺起眉頭，怪不得茜茜公主認定她大伯伯是兇手。二王子沒可能殺死自己，而當時又只有他們兩人在這裏。

小嵐問：「茜茜，那天，真的只有你爸爸和大伯伯在這裏嗎？會不會另外有人出現，開槍打死了你父

親。」

「不會！」茜茜公主肯定地答道，「因為那天我奶奶也來了。每當女王來打獵時，保安是特別嚴密的，一是狩獵場要清場，不許其他任何人進去；二是隨行人員都嚴格挑選，只有絕對忠實可靠之人才可以隨行。當天在狩獵場裏，除了我奶奶和我爸、大伯伯，就只有負責保護我奶奶的安娜和四個警衞。」

小嵐說：「那就可以肯定，不是外人潛入暗殺王子。」

茜茜公主點點頭。

小嵐又問：「那會不會是安娜和那四個警衞其中一個，趁人不注意時，偷偷尾隨兩位王子。槍殺二王子之後，再返回女王身邊。」

茜茜公主說：「不會，因為奶奶清楚記得，當聽到槍聲時，四個警衞和安娜都在她身邊。她還馬上命令安娜帶一個警衞去傳出槍聲的地方，看看兩位王子打到了什麼獵物。」

曉星說：「既不是二王子自己打自己，也不是狩獵時其他人行兇，那就只有一個結果，是王儲打死二王子的了。」

茜茜公主大叫道：「就是就是！那你們現在明白我為什麼認定大伯伯殺了我父親了。」

小嵐若有所思，她又問：「有沒有查過走火的獵槍，那上面除了你爸爸的指紋之外，有沒有你大伯伯的指紋？」

「唉！」茜茜公主歎了口氣，「那天他們倆都戴着手套，所以獵槍上一個指紋都找不到。」

小嵐的眉頭皺了起來，真碰到難題了。一切跡象表明，出事時只有兩位王子在場，那就是説，只有兩個可能，要不是二王子走火自傷，就是王儲殺二王子了。

草人實驗，證明二王子不可能自傷，但要説是王儲殺二王子，那他的動機何在呢？每個人做事都有原因，何況是殺自己的親兄弟。

唉，有誰能説出，那天這裏發生了什麼事呢？小嵐感到一籌莫展。

第五章
森林女神與小鹿殺手

小嵐和曉晴曉星今天去拜會王儲夫婦。當他們到達王儲府時，儲妃雲妮出來迎接。

儲妃臉上帶着不變的微笑，她彬彬有禮地把小嵐三人引進會客室。

「不好意思，米高本來要回來招待公主的，但是臨時有事，回不來了，他讓我向你說聲不好意思。」儲妃微笑着說。她又扭頭問身旁侍女：「小王子回來了嗎？」

侍女欠欠身，說：「回儲妃，我剛剛打電話去催了。他正在亞加山上看雲，說馬上回來。」

「看雲？」小嵐有點好奇。

儲妃臉上滿是慈愛。她說：「這孩子，自小喜歡天文，白天看雲，晚上觀星。」

小嵐心想，這小王子，興趣還挺特別的。

小嵐問：「王儲常常這樣忙嗎？」

儲妃輕輕歎了一口氣：「從二弟出事那一天起，米高就沒有回來住過。母親病了，他代理國王職務，每天都很忙很忙，除了偶爾回來吃一頓晚飯，其餘時間都在辦公室處理國務。」

小嵐説：「對貴國二王子的不幸，我深表遺憾。我知道茜茜公主至今仍對王儲有點誤會，儲妃有時間最好多多開解她。」

「可憐的孩子！」儲妃歎了一聲。突然她轉身問身邊的女侍道：「小王子還沒回來嗎？」

侍女欠欠身：「儲妃，應該還在路上。」

「這孩子，明知今天有客人來，還往外跑。」

小嵐覺得她好像在有意迴避剛才的話題。

曉星問儲妃説：「阿姨，您一個人在家不是很寂寞嗎？我看過很多電視劇，很多後宮妃子，一天到晚沒事幹，悶得要死。」

儲妃笑笑説：「那是古代才有的事，現代皇室不會這樣了。我其實是不少團體的負責人呢，有時也挺忙的。」

儲妃從桌上一個小巧的名片匣裏抽出三張紫色的名片，給小嵐和曉晴曉星各遞了一張。

原來儲妃擔任的工作還挺多呢！

曉星唸着：「慈善總會名譽總理、中央兒童活動中心名譽總經理、資優兒童培訓學院名譽院長、海洋魚類研究所名譽所長……咦，儲妃阿姨，您喜歡研究海洋魚類？」

儲妃微笑說：「其實我讀大學時，是研究魚類的……」

「啊，太好了！」曉星高興極了，「儲妃阿姨，我也是研究魚類的！」

儲妃微笑着看着曉星：「真的？那我們是同道中人了。」

曉星說：「我有一條史前魚，是在埃及買的。」

儲妃驚訝地挑起了眉毛：「真的？說來聽聽。」

「那魚啊，奇特得不得了，牠的樣子……」

自從有專家初步鑑定，證實曉星買回來的那條魚並非史前魚之後，小嵐和曉晴幸災樂禍了好久。這讓曉星很不甘心，他認定，總有一日他的史前魚會得到認同，到時，普天下有誰不知道周曉星，有誰不知道周曉星的史前魚！到時，哼哼，到時我要讓你們苦苦哀求，才讓你們看一眼我的史前魚！

現在，難得有一個美麗溫柔的王妃對他的史前魚感興趣，他怎能不興奮。

　　曉晴輕輕推推小嵐，小聲說：「這小子，又犯『史前魚妄想症』了。」

　　小嵐笑笑，心想不錯啊，讓曉星分散儲妃注意力，自己可以自由自在觀察周圍環境，看能不能找到破案線索。

　　這時候，有侍女走進來，跟儲妃說：「小王子回來了！」

　　儲妃一聽忙說：「請小王子進來，告訴他客人來了。」

　　「是！」侍女退下。

　　「小王子？！」曉晴慌忙坐直了身子，又整理了一下頭髮。

　　一會兒，外面響起了一陣急促、有力的腳步聲，一聽便知是出自一位充滿活力的人。

　　一位身材高挑的少年邁着瀟灑的步子走了進來。小嵐注意到他那雙像天空般蔚藍的眼睛。小嵐驚訝地睜大了眼睛。

　　「媽媽！」少年朝儲妃喊了一聲。

「約翰，你回來了！」儲妃溫柔地朝兒子笑着，又對着客人介紹，「來，給你們介紹一下，這是小兒約翰。約翰，這是烏莎努爾公國的馬小嵐公主……」

約翰朝小嵐轉過頭來，他驚訝地揚起了眉毛：「噢，你好，森林女神！」

「是你呀，小鹿殺手！」小嵐回了他一句，話音可不那麼友好。

儲妃有點訝異地看着他們。曉星搔着腦袋：「你們認識的嗎？什麼森林女神？小鹿殺手？」

約翰哈哈大笑起來。他把昨天在狩獵場遇到小嵐的事說了。

儲妃有點着急地說：「那就是你的不是了，幹嘛要去射殺小鹿呢？」

約翰笑着說：「其實小嵐公主誤會我了，我手裏拿的不是獵槍而是一枝麻醉槍。」

「麻醉槍？」小嵐努力回憶着，昨天約翰手裏拿的槍的確不像一枝普通獵槍。

約翰說：「事情是這樣的。我昨天去狩獵場，想找回您早前走失的那隻小鹿『小白額』，那是您最喜歡的小動物啊！沒想到真讓我找到了。您不是說牠前

額有一塊白色的花瓣形的記號嗎？挺容易辨認的。但不料，我正想用麻醉槍打牠時，被小嵐公主發現，她大喊一聲，讓小鹿跑了。」

小嵐聽了，不由得有點不好意思：「原來那是儲妃的寵物，噢，真對不起！」

約翰笑着說：「沒關係。你是森林女神嘛，保護小動物是你的神聖職責呢！」

兩人正在說話，突然聽到儲妃「噢」地叫了一聲。一看，儲妃臉色蒼白，嘴唇在顫抖着。約翰吃驚地撲了過去：「媽媽，你怎麼啦！」

小嵐也嚇得睜大眼睛看着儲妃。

「『小白額』！別再提『小白額』！」儲妃喊道。

約翰驚慌地說：「好，好！不提，不提就是！」

過了好一會，儲妃才平靜下來，她愣了愣，還在努力回想自己剛才做了什麼，之後抱歉地對小嵐說：「對不起，我失態了！」

小嵐忙說：「不要緊，儲妃一定事出有因。」

「好孩子，謝謝你的諒解！」儲妃歎了口氣，「聽說二弟出事前，就是和米高一塊去追一隻小鹿。

我想，一定是他們發現『小白額』了。二弟的死，我也有責任⋯⋯」

「媽媽！您怎能這樣想！」約翰慌忙打斷儲妃的話，「二叔的死，只是一次意外！」

小嵐也說：「約翰說得對，儲妃阿姨，您別想太多。」

儲妃長歎了一聲，對兒子說：「兒子，你別再去找『小白額』了，讓牠自由自在地生活吧！」

約翰說：「是是是，我不去找就是了。媽媽，您放心！」

約翰一副焦急的樣子，看得出來，他很緊張自己母親，是個孝順孩子。小嵐由此對他很有好感。

儲妃心情開始平伏下來。她又再向小嵐道歉：「真對不起！」

小嵐笑着說：「沒關係！」

儲妃突然想起，忙抱歉地說：「哎呀，還有兩位客人沒介紹呢！約翰，這是烏莎努爾副使周曉晴小姐，還有周曉星先生。」

曉晴含羞答答地急忙行禮，一副大家閨秀模樣：「小王子殿下，請多指教！」而曉星就大大咧咧地跟

約翰握手：「嘻嘻，約翰哥哥你好！」

「你們好你們好！」約翰笑呵呵地回答着。

儲妃說：「小嵐公主，今天能賞臉在我們家吃飯嗎？」

小嵐一聽正中下懷，便說：「只是別打擾了儲妃休息才好。」

約翰說：「不會不會，媽媽最好客了，她常常親自下廚，做一兩個好菜給客人品嘗呢！」

小嵐笑道：「噢，那我們有口福了！」

儲妃對約翰說：「那我去廚房準備了，你替我招呼客人。」

曉星慌忙說：「儲妃阿姨，我跟你到廚房幫忙。」

儲妃驚喜地說：「你也會廚藝？」

曉星說：「一點點吧！就是摘摘小葱，遞遞醬油⋯⋯」

這也叫廚藝！這小子無非是想找個藉口，繼續跟儲妃嘮叨他的史前魚罷了。

儲妃笑着說：「那好，你來做我的小幫手好了，約翰，你替我招呼小嵐公主。」

「母親大人，本人樂於効勞！」約翰笑嘻嘻地説。

曉星跟在儲妃後面走了，一邊走一邊急不及待地跟儲妃説：「我那條肯定是史前魚，一定是……」

等他們一走，約翰一手拉着小嵐，一手拉着曉晴説：「走，我帶你們去亞加山頂看雲！」

第六章

花園裏的願望樹

　　所謂的亞加山，原來只不過是王儲府花園後面的一座小山崗。「衝啊！」三個少年男女一陣衝鋒，一會兒就跑上了山頂。

　　山頂上是一大片綠茵草地，約翰往草地上一倒，指着藍天大聲呼喊着：「小嵐，曉晴，你們快看，好美的雲啊！」那開心樣子，真像個好奇的小孩子。

　　那綠色的草地令人有一種想親近的慾望，小嵐和曉晴也情不自禁地學着約翰，成大字形躺倒在草地上。那軟綿綿的感覺很棒！

　　再抬眼望向藍天，啊，真的很美！

　　那種藍，明艷、清澈、透明，決不是在香港或在烏莎努爾可以看到的，早就聽說胡魯國是一個無污染的城市，果然名不虛傳！

　　藍天上，一朵朵大小不一的白雲在飄哇飄的，那雲很白很白，純潔無瑕。

57

「看，像不像一隻牛！」約翰指着西邊一朵很大的白雲，那雲不但有身子，有四隻腳，有腦袋，還隱約見到頭上兩隻角。

「哈哈，真像！」曉晴拍起手來。

小嵐禁不住也樂了。看雲，這是她小時候常幹的事，她尤其愛看傍晚時的火燒雲，為此，她把蕭紅的散文《火燒雲》倒背如流。

「這些都是積雲。積雲的形狀不規則，體積也不定，並且變化也多。積雲是常見的雲，各種季節都能出現。」約翰如數家珍，「雲分四大類──」

「啊，你好厲害！」曉晴坐了起來，眼睛睜得大大地盯着約翰，臉上露出着迷的神情。

約翰受了鼓舞，說得更眉飛色舞：「知道是誰最先嘗試把雲分類嗎？那是19世紀初法國的自然學家拉馬克。過了不久，在公元1903年，英國藥劑師霍華德創造了一個雲的分類法，被廣泛接受。霍華德的體系是基於四種主要形態的雲：獨立分布的積雲、層層相疊的層雲、羽毛狀的捲雲及會下雨的雲，然後再細分為10個基本類別，並根據它們具有的形狀而命名。這一分類模式保留至今，仍為氣象人員所採用……」

躺在綠茵茵的草地上，欣賞着迷人的藍天白雲，聽着約翰的侃侃而談，的確是一大樂事，但小嵐急着想向約翰了解王儲的情況，無福再去享受這「浮生半日閒」。

她一而再地有意去轉移話題，但約翰對藍天白雲何等鍾情，更加上曉晴像個熱情的小粉絲一樣，所以這天文學「講座」進行了一小時，仍沒有結束的意思。

小嵐多次嘗試都未能成功，便在喉嚨裏咕嚕了一句：「真是個天文痴！」

「什麼？」約翰聽得不清楚，反問，「你有什麼有關天文的知識想知道，儘管問，我樂意回答。」

「暫時沒有！」小嵐趕緊說，「看雲很有趣，不過我看得眼睛有點發瘆了，想到花園裏走走，看看綠色植物。」

「遵命！」約翰一骨碌爬了起來，他一伸手，也把小嵐拉起來了。

曉晴仍賴在草地上不想起來：「哎喲，還早嘛！」

約翰一聽忙說：「那我們再……」

小嵐唯恐約翰又再延續他的天文報告，忙拉着他的手往下跑，邊跑邊說：「衝啊！」兩個人嘻嘻哈哈地，很快就衝下了亞加山。

回頭一看，咦，把曉晴弄丟了。小嵐眼珠一轉，這樣正好呢！省得她又跟約翰越扯越遠，自己反而沒法了解需要的東西。

約翰說：「不要緊的，我叫人在這等她好了。我們先到那邊走走。」

小嵐笑說：「好啊！」

兩人走在一條林蔭小路上，約翰仍然主動去牽小嵐的手。素知西方人熱情，小嵐也大大方方的，並不躲避。兩人牽着手晃呀晃的，很是開心。

穿過一個小樹林時，約翰在一棵紫荊樹前停下了。他看着樹幹，很不滿地說：「該死，誰這麼大膽，在這樹上亂塗亂畫，媽媽見了一定不高興。」

小嵐一看，真的，有人用紅色塗料在樹上寫了好多個問號。她用手拭了拭，發現那並非紅色塗料，倒像是女士用的口紅。也許是哪位為愛煩惱的女子，心中疑惑解不開，把許多問號寫在這樹上吧！

約翰掏出一塊手帕，使勁去擦那些問號。問號倒

是不見了，但樹幹上卻留下一片紅色污漬。

　　「要我知道是誰幹的，決不饒恕！」約翰忿忿地說。

　　小嵐有點奇怪，不知他為什麼有這樣大的反應。

　　約翰見小嵐疑惑的樣子，便小聲說：「告訴你一個秘密，這是一棵願望樹。」

　　「願望樹？」

　　「願望樹是我們這裏小孩子愛玩的遊戲，說是把自己的願望寫下來，埋在一棵樹下，到長大以後，這願望就會實現。」

　　「這棵就是我爸爸媽媽和二叔的願望樹。」約翰說，「他們十歲那年，分別把自己的願望寫下來，放在一個小盒子裏，埋在這棵樹下。」

　　小嵐好奇地問：「那你是怎麼知道的？」

　　約翰調皮地眨眨眼睛：「小時候有一次，我爸爸媽媽談起這事，讓我聽到了……」

　　「哈哈，你壞，偷聽爸爸媽媽說話！」小嵐笑道。

　　「那不叫偷聽，是他們的話硬飄進我的耳朵！」約翰也笑了起來。

小嵐又問：「看樣子，你跟爸爸媽媽的感情挺好的。」

「嗯，我很愛他們。」約翰說，「不過，上中學時我就一個人去了外國讀書，一年只回國兩三次。因為功課太忙，每次回來都匆匆忙忙的，頂多住十天八天就走了。這次是因為二叔出事，我才留下來時間長一點。可能離開久了，跟媽媽倒還親親熱熱的，和爸爸就有點生疏了，回來後跟他一起吃過幾頓飯，彼此都客客氣氣的，一點不像父子。」

小嵐眨眨眼睛：「可能因為你們長期以來聚少離多的緣故吧，再過些時候，就會好的。」

約翰聳聳肩：「也許吧！」

小嵐又說：「你爸爸媽媽一定很相愛吧？」

「對。」約翰停了停，又說，「自從我懂事以後，就沒見他們吵過嘴，彼此總是相敬如賓。但不知道為什麼，依蓮婆婆告訴我，說媽媽不喜歡爸爸。」

依蓮婆婆是從小照顧約翰的老傭人。

小嵐挺感興趣的，問道：「奇怪，依蓮婆婆有什麼根據嗎？」

「她說，媽媽結婚第二天，就一個人躲起來哭了

好久。之後好長一段時間她一直神情憂鬱。」約翰歎了口氣，好像很心疼媽媽，「依蓮婆婆說，爸爸媽媽的婚事是爺爺奶奶他們定下來的，也許，是媽媽根本不喜歡爸爸，所以不開心吧！」

小嵐聽了若有所思。

這時，約翰的手機響了，是儲妃讓他們回去吃飯呢！剛好，曉晴也在侍女的陪同下找來了。曉晴一見便給了小嵐一捶，嚷嚷着：「你真壞，也不等等我！」

小嵐笑着說：「你不是還想看雲嗎？就讓你看個夠嘛！」

王儲沒回來，所以一張長長的桌子只坐了儲妃兩母子及三位客人，反而侍候的僕人就在身後站了一圈。

晚飯太豐富了，一桌子的菜，每樣嘗一口就已經飽了。有兩樣菜是儲妃做的，味道還真不錯呢，客人們都讚不絕口。

曉星那傢伙向來很有長輩緣，他嘴巴甜甜的，把儲妃哄得十分開心。末了，儲妃還非要留他們在王儲府住一晚呢！

曉星當然高興，他還想跟儲妃聊他的魚；曉晴顯然也高興，看來這小女孩對小王子約翰一見鍾情了。小嵐因為還想從約翰那裏了解多一些情況，也很樂意留宿一晚。約翰十分開心，馬上打了個電話，興沖沖地吩咐侍僕們什麼。

晚飯後，大家又聊了一會，約翰就神秘兮兮地拉着小嵐他們三個人出去了，說是要給他們一個驚喜。

他還是帶着大家往亞加山上跑。小嵐心裏暗暗叫苦，這傢伙，肯定又會沒完沒了地講他的藍天白雲、星星月亮。

但一跑上山頂，大家就不約而同地歡呼起來！

「哇！」這是曉星的怪叫。

「啊！」這是曉晴的尖叫。

「噢！」這是小嵐的驚叫。

怪不他們如此訝異，亞加山山頂的草地上，不知什麼時候架起了四座小帳篷，帳篷內燈火通明，看上去就像四座神秘的童話小城堡。

曉星興奮得聲音也發顫了：「約翰哥哥，難道，難道我們今晚會在這裏露營嗎？！」

約翰大聲説：「沒……錯！」

「太好啦，太好啦！」曉晴也高興得快瘋了。

約翰似乎更留意小嵐的反應，見到小嵐滿臉興奮，他笑得好開心，殷勤地說：「來，帶你們進去參觀一下。」

他們走進其中一座小帳篷，裏面更精彩呢！行軍牀、被鋪、牀頭櫃，甚至還有放滿了零食和飲品的食物櫃。曉星興奮得這裏摸摸，那裏摸摸，嘴裏嚷嚷着：「我睡這裏，我睡這裏！」

小嵐走進另一座小帳篷，那裏面布置跟前一座是一樣的，但她故意大聲嚷着：「哇，這裏更漂亮，我要睡這裏！」

曉星聽了慌忙跑過來，喊道：「別別⋯⋯我要換，我要換！」

大家哈哈大笑起來。

四個少男少女躺在熠熠星空下，真有一種讓星星簇擁、讓夜幕包圍的感覺，很浪漫，很有童話氛圍。

只有曉晴的眼睛一直追隨着約翰這顆「星」，她用溫柔的聲音對約翰說：「小王子，我還想聽你講天象知識呢！」

約翰剛想說話，小嵐趕緊打斷說：「我倒有個新

提議。」

約翰很感興趣，馬上問：「什麼提議？」

小嵐説：「看見這麼多星星，倒讓我想起了小時候很多事情。不如，我們每個人講一件小時候和爸爸媽媽一起發生的趣事。好不好？」

小嵐醉翁之意不在酒，她是想趁約翰回憶往事時，多了解一下王儲和二王子。

沒想到約翰立刻表現出極大的興趣，他興致勃勃地説：「好啊好啊！我正想知道你小時候的事呢！曉星剛才來的路上跟我講了幾句，説你是外星人的後代，真的嗎？」

好一個多嘴多舌的傢伙！小嵐不由得狠狠瞪了曉星一眼。

但曉星卻一點沒察覺，還搶着説：「嘿，這件事我最清楚。幾天前，我們無意中被時空器帶回過去，回到了一九九二年九月二十日，即馬叔叔和趙阿姨在西安江邊的長椅上撿到小嵐姐姐的那天清晨。哇，那過程好刺激啊，這個我等會兒再詳細告訴你。我們趕到江邊、藏在樹後面，我們要看看究竟是誰把小嵐姐姐放在長椅上的。哇，遠遠見到兩個外星人抱着個嬰

兒走來了，眼看真相大白，誰知這時兩個巡警路過，他們見到我們一班人大清早藏在樹後面探頭探腦的，把我們當賊了，有個警察大喊一聲『什麼人！』唉，這下完了，兩個外星人馬上不見了。為了不被抓去被人當白老鼠一樣研究，我們只好拔腿就跑。那些警察一點不肯放過，幸好在拐彎處見到那位送我們進市區的伯伯，他不放心我們天沒亮在街上走，特地轉回來看看，沒想到救了我們。我們上了伯伯的車，把警察甩掉了。」

約翰好奇地問：「那外星人手裏抱着的，真是小嵐嗎？」

曉星說：「這倒不知道，事後我們大家一起分析過，有幾種可能。一，那外星人抱着的就是小嵐姐姐，是他們把小嵐姐姐放在長椅上的。二，那外星人抱的是另一個小孩，他們只是剛好路過……」

小嵐見曉星說個沒完沒了，把她的計劃搞砸了，就沒好氣地說：「曉星，我什麼時候委任你當我的發言人啦？曉晴，咯吱侍候！」

「是！」曉晴本來很想聽聽小王子小時候的故事，所以完全支持小嵐。

「救命！」曉星沒來得及逃跑，被兩個姐姐按倒在地。

　　一陣陣笑聲，在夜空迴旋。

第七章
願望盒子

　　小嵐被吱吱喳喳的鳥叫聲吵醒了。

　　走出帳篷，天剛曚曚亮，太陽還沒升起來。小嵐看看其他三座帳篷，曉晴的帳門掩得嚴嚴密密的，肯定還沒起來；約翰的帳門搭拉着，想必也還在睡；再看看曉星的帳篷，門敞開着，裏面沒有人。

　　曉星一大早去哪兒了？原來他天剛亮時做了個夢，夢見有隻小松鼠來搔他的腳板，弄得他癢癢的。他越用力蹬，松鼠就越搔得起勁，他實在忍不住了，一骨碌爬起來，一看，哪有什麼松鼠，原來是他睡得太不安分，一隻腳從行軍牀上搭下來，碰到地上的小草了。

　　是小草在抓他的癢呢！

　　「壞蛋小草！」曉星嘟嘟噥噥地埋怨了幾句，又爬上牀睡了。

　　才睡了一會兒，腳板又癢起來。他睜大眼睛，

咦，腳好好的擱在牀上，難道是小草長到牀上來了。噢，這胡魯國的草好厲害，才一晚上就躥那麼高了！

曉星坐了起來，伸手想拔掉那棵草，卻抓住了一條毛茸茸的尾巴。他嚇得一鬆手，借着晨光，他看見了牀上有一隻小松鼠！

啊，真的是一隻小松鼠！看，牠正用黑珠子似的眼睛看着曉星，牠雙手還捧着兩個核桃呢——那是饞嘴的曉星晚上臨睡前吃剩的，扔在牀上了！

小松鼠突然一轉身，跳跳跑跑，逃出帳篷外了。

「小松鼠別跑！」曉星喊了一聲，追了出去。

松鼠跑下小山，然後竄進一片樹林裏，不見了。

曉星嘟嘟噥噥地説：「小傢伙，跟我捉起迷藏來了！我非找到你不可。」曉星輕手輕腳地往樹林裏走，哈，看見了，看見小松鼠了！

牠正站在一棵紫荊樹下，用手在扒呀扒呀，挖了一個洞，然後把兩顆核桃放進去。

哈哈，竟然把東西藏起來！曉星聽説過，松鼠有把食物藏起來的習慣，方便牠們冬天時挖出來吃。

小松鼠把洞填好，四處望了一下，跑了。

哼哼，我就讓你知道什麼叫做「黃雀在後」！曉

星開心地跑到那棵紫荊樹下，拿過路邊不知誰扔在那裏的一個小鏟子，把松鼠剛填上的洞又挖開，哈哈，小松鼠偷的兩個核桃就在裏面。

曉星剛想把核桃拿出來，突然發覺，核桃下面，還有些什麼，硬硬的，平平的。這小傢伙難道還在下面藏了什麼？曉星用鏟子又再鏟了起來，啊，是個盒子！

哇，這些小松鼠好厲害，不但藏食物，還藏寶呢！曉星大喜，這回呀，一定讓曉晴姐姐和妮娃眼紅，說不定，連小嵐姐姐都對自己另眼相看呢！

曉星拿起盒子，就猛奔回亞加山上去。

曉星見到小嵐正在山頂上做操，便喊道：「小嵐姐姐，看我找到了什麼！」

小嵐看見曉星手裏捧着一個小盒子，便問：「什麼東西？」

曉星興奮地往草地上一坐：「小嵐姐姐，我們一起看。這是松鼠藏的寶貝呢！」

「松鼠藏的寶貝？」小嵐很奇怪，「松鼠會把這麼大的盒子藏起來？」

「什麼松鼠藏寶貝？」曉晴不知什麼時候醒了，

睡眼惺忪地走了過來。

曉星興奮地說：「是呀，我親眼見牠藏的。」

曉星簡單地把事情說了一遍。小松鼠如何偷核桃吃，他如何追了出去，結果發現了松鼠的藏寶洞……

小嵐驚訝地睜大了眼睛，不會吧，只聽過松鼠有藏食物過冬的習慣，卻從不知道牠們還會把鐵盒子埋在地下。這曉星，還真碰上了一件奇事呢！

曉晴已急不及待了，她好奇地湊了過來：「快打開看看，盒子裏是什麼東西！」

盒子是鐵做的，應該日子不短了，外面鏽漬斑斑，曉星和曉晴費了好大的勁，才把蓋子揭開。

裏面有三封信。

「吁——」曉星有點失望，「還以為裏面有什麼寶貝呢！原來只是三封信。奇怪，松鼠把信藏起來幹什麼？難道是牠跟松鼠女孩的情書？」

「亂彈琴！」小嵐倒是興致勃勃的，她伸手拿起一個白色的信封。信封上只寫着一個名字：米高。小嵐馬上神情錯愕。

「米高？」曉晴疑惑地說。

小嵐沒回答，她又急忙拿起另一個粉紅色的信

封，上面寫着的也是一個名字：雲妮。

「雲妮？」曉星也探過頭來看。

小嵐知道發生什麼事了，最後拿起第三個藍色封信，果然如她所料，上面寫着：麥克。

她急忙問曉星：「這盒子是在一棵紫荊樹下發現的嗎？」

曉星奇怪地反問：「小嵐姐姐，你怎麼知道的！」

小嵐說：「你把王儲兄弟，還有儲妃小時候埋下的願望盒子挖出來了。」

「啊！」曉星大吃一驚，「真的嗎？小嵐姐姐，你怎麼知道的？」

曉晴也馬上興致勃勃的：「哇，這事情開始有趣了！」

小嵐把昨天路過樹林時，約翰說的話告訴了他們。曉星眼睛張得大大的：「好巧啊！」

小嵐把盒子重新蓋上，說：「雖然是小孩子的玩意，但畢竟是別人的私隱，你趕快拿回去，在原來的地方埋好。」

「好的！」曉星答應了一聲，抱起盒子就走。

「慢！」曉晴對小嵐說，「你真的不想看看嗎？

我想，說不定這裏就有解開王子槍擊案的秘密呢！」

小嵐一聽猶豫了，不排除有這個可能！

曉晴朝曉星使了個眼色。曉星馬上走回來，把盒子打開，放在小嵐面前。其實他十分好奇想知道信封裏寫的是什麼。

小嵐猶豫了一會兒，終於下了決心，拿起了米高的願望信。她小心地打開信封，裏面有一張小紙條，上面寫着歪歪扭扭的一行字──我長大要跟雲妮結婚。

「哇，真有趣！原來王儲十歲時就喜歡儲妃。看來，他的願望已經成真了。」曉星開心地說。

曉晴眼裏露出驚喜的光：「這願望盒子真靈啊！」

小嵐又拿起麥克的願望信，打開一看，上面有一行字──我喜歡雲妮，我要娶她做妻子！

曉晴和曉星幾乎一齊喊起來：「原來他們兩兄弟都喜歡儲妃！」

剩下儲妃的願望信了。小嵐把信拿起，信封是粉紅色的，上面印着心形圖案。不知道她寫了什麼願望，也是寫上喜歡的人嗎？如果是，不知道她寫的是

誰？會不會是兩位王子中的一個？那又會是哥哥還是弟弟？

三個人相互看了看，不由得有點緊張起來。小嵐慢慢打開了儲妃的願望信。上面赫然寫着──我希望能成為米高的妻子！

「哇！太妙了！」曉星竟然拍起掌來，「這就叫有情人終成眷屬，對嗎，小嵐姐姐？」

小嵐沒有回答，她正愣愣地想着什麼。

曉晴卻把眼睛望向遠處，嘴角露出甜蜜的笑容，不知她想起了什麼開心的事。

小嵐把信放回盒子，對曉星說：「你把盒子放回紫荊樹下吧。」

「好的。」曉星拿着盒子走了。

曉星離開後，兩個女孩都坐在草地上發呆。

曉晴仍嘴角帶笑，在入神地想着願望盒子的事。

小嵐則在沉思。一個疑問在她腦海裏升騰。按願望信中所寫，儲妃應該很喜歡米高王儲，但為什麼老傭人依蓮說，儲妃在結婚第二天，就一個人躲起來哭了好久，之後好長一段時間一直神情憂鬱。這似乎不合情理呀！

「嘿，你們在發什麼呆？」約翰不知從什麼地方冒了出來，把兩人嚇了一大跳。

小嵐問道：「咦，你不是還在帳篷裏睡覺嗎？」

「我哪有這麼懶！天還沒亮，我就到湖邊跑步去了。」約翰又笑嘻嘻地說，「昨晚睡得好嗎？招呼不周之處，請兩位多多包涵。」

曉晴搶着說：「好得不得了！簡直從未有過的好。謝謝小王子，給我們安排了這麼有意思的活動！」

「是嗎！」約翰笑得眯起眼睛，他又對小嵐說，「那你們留下再住幾天吧，保證每晚都有驚喜。」

曉晴一聽，馬上說：「好啊好啊！」說完又搖着小嵐的臂膀：「小王子一片誠意，快答應吧！」

小嵐搖搖頭，笑着說：「謝謝安排。不過，我們一定要走了。我們今天上午要去拜候女王，下午要去看望茜茜公主，所以，不能不回去了。」

曉晴嘴巴撅得高高的。

約翰有點遺憾，他又說：「我們可以再約見面嗎？」

小嵐說：「當然可以！我還會留幾天再走。」

曉晴又來精神了：「是呀是呀，我們可以再安排時間。」

　　「太好了！那一言為定，我們改天再約！」約翰說。

第八章

女王奶奶

　　一間充滿古老歐陸宮庭色彩的大廳裏，光線稍嫌有點昏暗。小嵐跟在侍從官後面走進房間後，花了十幾秒鐘時間，才看到房間中央的一張單人沙發上，坐着一個頭髮花白的老人。

　　她有着一張令人難忘的臉——瘦削、堅毅，眼神很銳利，像一下子就可以把人的心思看穿；嘴巴緊抿着，嘴角微微下塌，給人一種威嚴的感覺。

　　只是從她略顯蒼白的臉上，可以看出她有病在身。

　　她就是胡魯國的最高統治者、茜茜公主的奶奶瑪麗女王。

　　小嵐慌忙向女王行了個屈膝禮。

　　「小嵐公主，請坐！」女王指了指身邊一張沙發。

　　「是！」小嵐盡量讓自己走路斯文一點，走到女

王身邊坐下。

小嵐微笑着説：「女王陛下，您身體好點了沒有？萬卡國王知道您患病的消息，很是掛念，特派我前來問候。」

「多謝萬卡國王關心。」瑪麗女王和藹地説。

小嵐又説：「女王是胡魯國的擎天柱，請千萬保重身體，早日康復！」

「謝謝你！」瑪麗女王笑着端詳了小嵐一會，弄得向來大方的小嵐都有點不好意思了。

「好一個端莊美麗的孩子！所有東方國家的孩子都這麼優雅這麼可愛嗎？真是令人疼愛！」

「謝謝女王陛下的誇獎。」小嵐盡量壓抑着得意的情緒，謙遜地説。

「小嵐公主溫文爾雅、大方得體，不像我那小孫女，刁蠻任性，做事不顧後果。」

小嵐心想，老奶奶，那你就大錯特錯了，我馬小嵐要任性起來，可以把您的皇宮翻個底朝天呢！只是作為國家使節，不乖不行，況且，自己還肩負替茜茜公主查案的重擔呢！給女王一個好印象，才能搜集更多線索。於是她朝着女王抿嘴一笑，十足一個溫馴的

乖女孩：「女王陛下過獎了。其實茜茜公主也很懂事，剛才本來她也想和我一塊來看您的，只是怕惹您生氣，才沒有來。」

瑪麗女王笑了笑，說：「小嵐公主，你就別哄我高興了，我還不知道那小妮子的脾氣嗎？犟得像頭牛。每次生氣，我要不主動去哄她，她可以一直不理我呢！何況這次……」她說到這裏停住了，臉上流露出一絲悲痛。

她很快便控制住自己的情緒，帶着欣賞的笑容繼續看着小嵐，又問：「聽說，烏莎努爾皇室滅門慘案，是你幫助偵破的，霍雷爾家族後人重掌政權，也是你的功勞，你小小年紀，文弱秀氣的女孩子一個，何來這麼多的智慧與勇氣？」

「女王陛下過獎了。」小嵐笑着說，「這次烏莎努爾公國皇室慘案真相大白，權力歸還霍雷爾後人，並非我的功勞，只是上天不忍生靈塗炭，國家動亂，所以借我的手，還烏莎努爾人民一個安定繁榮的社會罷了。因為只有皇室的安定，才有國家的安定。」

「說得好，說得好！只有皇室的安定，才有國家的安定。」女王點點頭，表示讚賞，「要是我那個

茜茜小公主像你這樣想就好了。相信你也知道，她對槍擊事件一直耿耿於懷，像她這樣鬧下去，真不知會造成怎樣的後果。我已經失去了一個兒子，不可以再失去另一個。況且，我是看着兩個兒子長大的，相信他們絕不會做出手足相殘的事。」女王歎了一口氣，說，「我年紀大了，也打算找個適當時機，正式宣布退位。國家要的是一個有公信力的新國王，所以，我希望事情快點完結，希望儘快忘掉這件不幸的事⋯⋯」

小嵐同情地看着女王。

女王說完，拉起小嵐的手，雙眼直視着她：「就像早前的烏莎努爾面臨的危機一樣，一個君主制國家，如果沒有一個有皇族血統的、有公信力的合法繼位人，那就會引起大亂。不同黨派的人為了自己的利益，都會千方百計把自己心目中的人選扶上皇位，那時，就會紛爭不斷、天下大亂。好孩子，你明白我的意思嗎？」

小嵐彷彿覺得，女王那雙銳利的眼睛看穿了自己的心思。

難道女王猜到了自己查案的事？

女王希望事情就此了結，心情可以理解。如果王儲真有問題，她就要面對自己不想見到的殘酷現實；如果王儲是清白的，會因破案無期而一直不明不白地背負着殺弟罪名，即使登位，也難以服眾。

　　看着女王的眼睛，小嵐動搖了，她真誠地說：「女王陛下，我很明白。」

　　女王微微一笑：「真是個聰明的孩子！」

　　女王突然想起什麼：「不是還有兩位副使嗎？他們有沒有來？」

　　小嵐說：「有啊！外面等着呢。」

　　女王馬上按鈴，讓侍從官請兩位副使進來。

　　曉星在外面早已等得不耐煩了，會客室的門一開，他就砰砰碰碰跑了進來。曉晴一把沒拉住，只好頓了一下腳，急步跟着進去了。兩人一齊朝女王鞠了一個九十度的躬：「女王陛下，您好！」

　　「呵呵呵，又是兩個漂亮孩子！」她笑瞇瞇地看看曉晴，又看看曉星，然後慈祥地朝他們招招手，「來，過來坐。」

　　「是！」曉晴曉星在女王指定的椅子上坐下了。

　　曉星大大咧咧地說：「我可以稱呼您女王奶奶

嗎？」

　　女王一聽樂了，還從來沒有人這樣稱呼她呢！她忙說：「好，好，就叫女王奶奶吧，我喜歡！」

　　曉星坐直身子，說：「女王奶奶，您身體怎樣了？聽說您生病，我好想馬上進來看您，剛才在外面急得走來走去，就像……就像熱鍋上的螞蟻。」

　　「熱鍋上的螞蟻？」

　　「是呀！這句話的意思是說，螞蟻在一個燒熱了的鍋上爬着，鍋越來越熱，但螞蟻又沒法離開熱鍋，只好着急地爬來爬去。我剛才在外面，就是着急得走來走去。」

　　「真對不起，真對不起！女王奶奶讓你們久等了。」女王拉着曉星的手，感到又感動又內疚。

　　「女王奶奶，不要緊的。我們是小孩子，小孩子等長輩，沒關係。」曉晴也嘴巴甜甜地說。

　　「呵呵呵！」女王迭聲說，「真是好孩子！真是好孩子！」

　　曉星又問：「奶奶，您身體怎樣了？」

　　女王忙說：「我這是老毛病了，休息一段時間就好。」

曉星環視了一下女王的會客室，說：「女王奶奶，您這裏漂亮是漂亮，但是空氣不太好。您病了，應該多呼吸新鮮空氣，多曬曬太陽。」

女王說：「我知道，但是，我年紀大了，又身體不好，不想走動呢！」

曉星一本正經地瞧了瞧女王：「嗨！奶奶，您才不老，您還很年輕呢！真的，騙您是小狗！」

女王聽得笑逐顏開。曉晴在一旁也幫口說：「是呀，曉星說的沒錯，您真的很年輕呢，真不敢相信您已經有孫子了！」

真是千穿萬穿，馬屁不穿，女王一高興，還真答應跟他們一塊出去曬太陽了。

侍從官聽說女王要出去，詫異得張大嘴巴。因為醫生多次建議女王多些到戶外曬太陽，但女王畢竟是個守舊的老人家，不會接受生病還出去吹風曬太陽的，所以一直沒出去過。沒想到，今天來了幾個孩子，竟可以說服她改變初衷。

女王見他發呆，又叫了他一聲，他才高高興興找輪椅去了。

第九章
在二王子墓前

　　離開女王寢宮之後，小嵐跟曉晴曉星宣布：「我決定不再調查王子槍擊案了。我決定明天就回烏莎努爾。」

　　「這麼快就走啊，我反對！」曉晴一聽馬上説，「你不是答應了茜茜公主，要幫她把事情查個水落石出嗎？你不是剛剛從儲妃的願望信中察覺了一點可疑嗎？儲妃既然希望做米高王子的妻子，但當她實現願望跟王儲結婚，卻又那麼傷心，這很奇怪啊！」

　　小嵐懶洋洋地説：「也許這代表不了什麼，或者她小時候思想不成熟，考慮問題不周全，長大後，懂事了，也知道自己最需要什麼了，就不再喜歡王儲了。」

　　曉星嘟嚷着：「小嵐姐姐真善變！」

　　曉晴附和説：「可不是嘛！」

　　「哈，你們兩姐弟什麼時候又成統一戰線了？」

小嵐沒好氣地說，「不是我善變，而是想尊重女王意願。女王不想事情鬧大，造成更大的影響。」

曉星說：「你不幫茜茜姐姐忙，她一生氣，又跑到烏莎努爾找萬卡哥哥，那你又有麻煩了。」

「廢話！」小嵐瞪了曉星一眼，「她找萬卡關我什麼事！」

曉星固執地說：「當然有啦！她老喜歡抱抱萬卡哥哥，萬一她愛上萬卡哥哥，那你怎麼辦？」

曉晴也說：「是呀是呀，茜茜公主跟萬卡青梅竹馬，一看就知道她有多喜歡萬卡。人生失意時，就會尋找一段愛情去填補空虛，那時你就……」

小嵐沒等曉晴說完，就氣急敗壞地說：「我怎麼啦？她想愛誰就愛誰，關我什麼事？我才不管呢！」

偏偏曉星不知輕重，固執地說：「你不能不管，因為你才應該跟萬卡哥哥拍拖呀！」

「不管不管不管！」小嵐氣呼呼地說，「她喜歡抱就抱，喜歡拍拖就拍拖。聽着，明天我們就回烏莎努爾！鐵定，不許反對！」

「這麼兇幹什麼！人家只是想你跟萬卡哥哥拍拖嘛。」曉星委屈地說。

曉晴就小聲地嘀咕着：「發什麼脾氣，怕是説中你大小姐的心事了吧！」

「我們現在就去跟茜茜道別！」小嵐氣哼哼走在前頭，往茜茜公主住的地方走去了。

茜茜公主沒在家。照料她的侍女展霞是個越南女孩，她熱情地招呼着這三位同是黃皮膚的尊貴客人。當小嵐問可以在哪裏找到茜茜公主時，展霞眼紅紅地説：「我猜，她一定在綠茵河邊。」

小嵐問：「她在散步嗎？」

展霞喉嚨哽咽了一下，説：「不，二王子的墓就在綠茵河邊，公主一有空就會往那裏跑。」

「啊！」小嵐和曉晴曉星互相看着，心裏都很難過。

三人離開公主府，默默地向綠茵河邊走去。

曉星大聲歎了一口氣，説：「茜茜姐姐真慘！」

綠茵河，像一條玉帶一樣繞着皇宮東面，河水翠綠翠綠，河邊種了很多樹，遠遠看去，美麗得就像一幅水彩畫。

這麼美麗的地方，竟然埋藏着一個悲傷的故事，而故事的主角，就是茜茜小公主。

「你們看，茜茜姐姐在那裏！」曉星指着不遠處說。

可以看到茜茜公主站在花叢裏，她手裏捧着一束花，還不時彎下身子，採摘更多的花朵。一會兒她直起身子，向河邊走去。

綠樹環繞着一個墓碑，那一定是二王子的墓地。茜茜公主輕輕地把花束放下，然後蹲在墓前。

曉星想跑過去，被小嵐拉住了：「先別打擾她，我們等一會再過去。」

三個人閃在一棵枝葉茂盛的樹後面，這樣茜茜公主就不會見到他們。

茜茜公主一邊喊着「爸爸」，一邊痛哭起來。之後又聽到她說：「爸爸，您為什麼扔下我，為什麼不讓我最後看一眼，您就狠心地走了。」

小嵐心裏十分難過，曉晴眼圈也紅了，曉星在使勁地眨巴眼睛。

正在這時，聽到右側處有人走來，踏得樹葉「咔嚓咔嚓」作響。

大家一看，竟是王儲米高！

他手裏拿着一束鮮花，正向墓地走去。忽然，他

停住了腳步。他顯然聽到了茜茜公主的哭聲。

由於枝葉遮擋，王儲沒看到小嵐他們，但小嵐他們卻能從縫隙中，清楚地看到王儲。

王儲看着茜茜公主，臉色突然變得蒼白，他拿着花的手也顫抖起來。

啊，他流淚了！看到一位至高無上的王儲流淚，小嵐感到異常震憾，王儲臉上神情何等複雜，有愛，有關懷，有憐惜，好像還有……

那是一個父親對兒女才能有的神情。這說明，王儲心目中，把茜茜公主當成了他的女兒！

茜茜公主在那邊痛哭，王儲在這邊默默流淚，這情景，令剛強的小嵐也為之動容，她也掉眼淚了。在她身邊，曉晴曉星早已淚流滿臉。

王儲突然把鮮花放在地下，向着墓地處鞠了一躬，然後轉身走了。

那邊茜茜公主哭累了，號哭變成了抽泣，她掏出一塊手帕，一邊哭一邊輕輕擦着墓碑上的灰塵。

小嵐拉着曉晴姐弟，悄悄從樹後面走了出來。她撿起王儲放下的花束，向着茜茜公主走了過去。

「茜茜。」

「茜茜姐姐。」

茜茜公主聽到叫喚，抬起頭：「小嵐，是你們。」她低頭擦着眼淚。

小嵐把花束放在墓碑前，又朝墓地深深三鞠躬。曉晴曉星也一齊上前行了禮。

「謝謝！」茜茜公主聲音嘶啞地說。

小嵐擁抱了茜茜公主，又拍着她的背，說：「別難過了，你父親在地下，會不安的。」

沒料到，話沒落音，茜茜公主又哭起來了。她邊哭邊說：「我跟父親自小就聚少離多，五歲時母親去世，在外國的姥姥就把我接去，到十二歲才回來。兩年後，我又去了法國學芭蕾舞，每年只有寒暑兩假回來住上一兩個月。這次父親不幸去世，我得到消息後趕回來，沒想到連他遺容都沒能見到。」

小嵐驚問：「為什麼？」

茜茜公主恨恨地說：「我是在父親死後第三天才知道消息的，奶奶他們一直不跟我說。直到我接到通知趕回來，才知道爸爸已經下葬了。我就知道，他們不讓我見父親最後一面，肯定有問題。」

「哦？」小嵐也覺得奇怪，這絕對不合情理，怪

不得茜茜公主一直不肯罷休。

　　曉星這時插嘴說：「茜茜姐姐，你不要再難過了，要好好保重身體。我們走了以後，你要好好照顧自己，要不，我們會不安的。」

　　「走？你們上哪？」茜茜公主一副吃驚的樣子。

　　「沒、沒事！」小嵐企圖阻止曉星說下去，這時候跟茜茜公主說走，說不再查下去，是太殘忍了。

　　曉晴明白小嵐的意思，也打了曉星腦袋一下：「你住嘴！」

　　「幹嗎打我？」偏偏曉星不懂事，不滿地說，「不是說明天就回烏莎努爾嗎？」

　　茜茜公主開始扁嘴了：「怎麼？明天就回去？你們不幫我查下去了？」

　　小嵐用身子擋住茜茜公主，拚命朝曉星擺手，叫他別再說下去。曉晴也伸手去摀曉星的嘴。可是曉星一點不明白，他一手推開曉晴，不滿地說：「你們幹嘛啦，這事早講遲講，還是得跟茜茜姐姐講。」

　　「哇！連你們也不理我了，我怎麼辦啦！」茜茜公主放聲大哭起來。

　　小嵐和曉晴曉星不知所措地站在一邊，傻傻地看

着茜茜公主。這茜茜公主流起淚來可不得了，簡直可以用「淚如泉湧」來形容，大顆大顆的眼淚轉眼就把衣襟打濕了。

真是個「喊包公主」！

小嵐回過神來，她慌忙掏出紙巾，一邊替茜茜公主擦眼淚，一邊哄着她：「別哭別哭，我們怎麼會不理你，是曉星逗你玩呢！」

茜茜公主用懷疑的目光看了看小嵐，她抽抽嗒嗒地問：「真的？真的只是曉星逗我嗎？」

「是是是！」小嵐說着，又故意責備曉星，「你這家伙，幹嘛亂講話？看，闖禍了！」一邊說一邊朝曉星使眼色。

曉星被茜茜公主的眼淚嚇怕了，只好趕緊說：「是呀是呀，我跟你開玩笑呢，你別當真！」

茜茜公主不再哭了，她用那雙藍藍的眼睛盯了曉星一會兒，好像在觀察他是不是在說謊。一會兒，她伸出拳頭捶了曉星幾下：「曉星，你好壞！我也覺得奇怪嘛，小嵐對我這麼好，怎會就這麼不負責任地走了呢！」

曉星嘀咕着：「哼哼，小嵐姐姐就是想這麼不負

責任地走了呢！」

　　茜茜公主問：「曉星，你説什麼呀？」

　　曉星忙搖頭説：「沒沒沒，沒説什麼。」

　　這時，小嵐説：「茜茜，你放心好了，事情沒弄清楚之前，我是決不會走的。」

　　曉晴趕緊説：「是是是，我們不會走，我們還要留好多天。」

　　茜茜公主這才放下心，她滿是眼淚的臉上綻開了笑容，説：「那為了表示你們的誠意，今晚得陪我玩一晚上遊戲機！」

　　「好啊，沒問題！絕對沒問題！」説這話的是曉星。這傢伙，一聽到遊戲機三個字就兩眼放光芒。

　　小嵐和曉晴對那玩意兒興趣不大，小嵐説：「茜茜，那就讓曉星陪你玩好了。」

　　茜茜公主把嘴撅得高高的：「不嘛，人多才熱鬧！我要你們三人一齊陪我玩。」

　　曉晴哄她説：「茜茜公主，就讓曉星一個人陪你玩吧，我和小嵐替你去查案，好不好？」

　　小嵐附和説：「對，我們去查案，查案！」

　　「明天查也行啊！」茜茜公主皺着眉頭看着小

嵐，嘴巴一扁，眼淚又叭噠叭噠地往下掉，「你們又不理我了，你們是不是討厭我，哇！」

又來了又來了！這嬌嬌公主的眼淚怎麼來得這麼快！

「好啦好啦，我們陪你玩就是！」小嵐無奈地說。

當晚，一吃完飯，茜茜公主就拉着曉晴曉星去遊戲機室。那遊戲機室可真有點誇張，大得像街上那些機舖，裏面的大型遊戲機有二十幾台，每台都有着不同的新式遊戲。曉星一進去就閒不下來了，摸摸那台遊戲機，又看看這台遊戲機，嘴裏還不住發出「嘖嘖」的讚歎聲：「哇塞，全是最新最好玩的遊戲呢！」

茜茜公主得意地說：「你不知道我是個有名的『小機迷』嗎？」

「哇哇，那我們是同類了！」曉星竟高興得歡呼起來。

兩個人一人跑到一部機前面，就玩開了。

「哎，你們也玩啊！」茜茜公主扭頭，對小嵐和曉晴說。

曉晴無奈地説：「我們不會！」

「噢，真可惜！」茜茜公主聳聳肩，又説，「那你們在一邊看吧，看也挺有意思！」

「對，你們在後面看着我們打！」曉星興高采烈地説。他一直希望向姐姐們顯示他打機技巧的「天下無敵」，可不管他怎樣央求，小嵐和曉晴都一直不肯「賞臉」，現在他可以如願了。

小嵐和曉晴無奈地在他倆後面觀戰，但一會兒就提不起興趣了，見茜茜公主玩得興高采烈的，曉晴在小嵐耳朵邊説：「我們走吧！」

小嵐一聽正中下懷，忙點點頭。兩人轉身，躡手躡腳地就要溜出門外，沒想到卻被曉星發覺了，他大喊道：「姐姐，小嵐姐姐，你們去哪裏！」

茜茜公主把遊戲按了暫停，她回過頭，淚汪汪地看着小嵐和曉晴，委屈地説：「剛才不是説好了，你們陪我整個晚上的嗎？怎麼現在又要走……」

這下嚇得小嵐和曉晴趕緊停住腳步。曉晴説：「不是不是，我們沒走呀，你看我們不是好好地呆在這裏看你們打機嗎！」

「噢！那你們好好地看着，我快要打爆機了！」

茜茜公主又轉身去繼續戰鬥了。

　　身後兩人把曉星恨得牙癢癢的：「回去炮製這傢伙！」

　　過了不知多長時間，大獲全勝的茜茜公主和曉星，正想向兩位觀戰者炫耀戰果，沒想到那兩位已攤在屋角的一張沙發上，呼呼大睡了。

第十章
三個臭皮匠

「救命啊～救命啊～」

一陣陣淒厲的叫聲。

莫非發生了兇殺案？！

慢着，好像是曉星的聲音！

曉星怎麼啦？！

原來他被兩個女殺手按在地上……

事發現場是胡魯國迎賓樓內一個豪華房間。

那兩個女殺手竟然是馬小嵐和周曉晴呢！被逼在遊戲機室「陪公主打機」，想溜走又遭曉星破壞，兩人已窩了一肚子火。所以一回到迎賓樓，兩人便實行報仇大計，對曉星大刑侍候——把他按在地上咯吱。

曉星最怕癢，便大叫救命。

「知道錯在哪裏嗎？」小嵐大聲問。

曉星説：「頂多以後不再強迫你們看打遊戲機。行了吧？」

曉晴卻不依不饒：「這是起碼的。還有其他表示嗎？」

曉星搔頭想了想，把自己的行李箱啪一下打開：「你們可以在我的東西裏面，挑一樣喜歡的。」

曉晴拿眼睛瞄了瞄，說：「我要⋯⋯要你那部MP4！」

曉星牙疼似的倒吸了一口氣：「別的行不行？」

曉晴說：「當然行，不過，還得咯吱侍候。」

「啊，我給，我給！」曉星苦着臉把他那部最新型的「隨身聽」交給曉晴。他又嘟着嘴問小嵐：「小嵐姐姐，那你想要什麼？」

「收起你那些破玩意兒，我才不會要你的東西！」小嵐很帥氣地把頭髮一甩。

曉星高興地說：「謝謝小嵐姐姐不要我的破玩意兒！」

小嵐說：「好啦，好啦，我們要開始辦正經事了。開會開會，我們一起分析案情。」

曉星巴不得小嵐馬上轉移目標，免得她改變主意又來拿走自己什麼心愛的東西，於是馬上響應：「好啊，開會囉，開會囉！」

曉晴說：「小嵐，我還以為你只是想先哄住茜茜公主，原來你真打算繼續偵破槍擊案呀！」

小嵐不滿地說：「你們以為我是那種說話不算數的人嗎？我之前不想查下去，是因為女王陛下不想我繼續追究這個案件！」

曉星驚訝地說：「那為什麼？難道女王奶奶不想事情水落石出嗎？不想緝拿真正的兇手嗎？」

「事情有那麼簡單就好了。我現在是左右為難呢！」

小嵐把自己跟女王的談話內容簡單地講了一遍。

曉晴說：「我倒覺得女王的想法很對。一個君主制國家，皇室動亂是很可怕的，那會引起大亂。況且，王儲怎會是壞人呢，你看，他培養出了一個多麼優秀的約翰小王子啊！」

曉星反駁說：「那茜茜公主怎麼辦，她爸爸死了，死得不明不白，我們得幫她呀！」

小嵐說：「你們別爭了，我已經答應茜茜公主，繼續留下來查案，一言既出，駟馬難追。但我們現在只能不着痕跡地暗中查探，決不能讓女王察覺。」

曉晴說：「本來就沒多少線索，現在還得瞞住女

王，不就更難了？」

小嵐大聲說：「我們現在是『箭在弦上，不得不發』。但我相信，下了決心要做到的事，沒有辦不成的！」

曉星響應說：「對，俗話說，『三個臭皮匠，勝過諸葛亮』，何況我們有小嵐姐姐帶領！天下事難不倒馬小嵐，耶！」曉星說完，還做了一個勝利的手勢。

曉晴朝曉星撇撇嘴：「小馬屁精！」

小嵐得意地笑着：「不啊，他只是講了真話而已！」

「吁~」曉星打了個唿哨，得意洋洋地笑起來，氣得曉晴直瞪眼睛。

小嵐說：「好啦好啦，既然你們這麼喜歡鬥嘴，我就給機會你們，下面我們玩一個辯論遊戲……」

曉星說：「好啊好啊，玩辯論遊戲，我喜歡。尤其是和姐姐辯論。」說完還有意睥了曉晴一眼。

小嵐說：「別鬧了，我們馬上開始吧！今天的辯題是『槍擊事件純屬意外』。由你們兩姐弟進行辯論，曉晴做正方，曉星做反方。最後我根據你們的意

見作出結論。」

「好！」曉晴惡狠狠地瞪着曉星説，「我認為槍擊事件純屬意外……」

曉星馬上大聲反駁：「我認為槍擊事件是蓄意謀殺……」

曉晴提高聲調：「純屬意外！」

曉星像隻好鬥的公雞，伸長脖子瞪着曉晴：「蓄意謀殺！」

「停停停！」小嵐大喊一聲，「你們怎麼啦，沒學過辯論的規則嗎？其中一條是『尊重別人的意見，等別人説完才開始發言』！」

曉晴指着曉星：「都是你！」

曉星也指着曉晴：「都是你！」

「GoGoGo！」小嵐生氣了，「你們再不遵守遊戲規則，就請馬上離場，馬上搭飛機回烏莎努爾，我不要你們協助了！」

這下倒奏效了。曉晴和曉星還不想走呢！兩人馬上坐直身子，曉晴説：「好，我會遵守遊戲規則。」

曉星也乖乖地説：「小嵐姐姐，我不會再打斷姐姐的話了。」

小嵐一揮手：「好，現在重新開始。由正方先發言。」

　　曉晴說：「我認為槍擊事件純屬意外！王儲沒有一點殺人動機，他是王位繼承人，他很快就是國王了，有必要去殺人嗎？他又跟二王子是兄弟，無緣無故的，他為什麼要殺自己親兄弟？」

　　曉星坐直身子，說：「我反對！我認為槍擊事件是蓄意謀殺，根據案件重演，二王子不可能自己打傷自己，現場又沒有第三者，所以只能是王儲開槍殺了二王子。」

　　曉晴又說：「王儲絕對不會殺他的弟弟。你看王儲多麼愛茜茜公主，對她就像對自己親生女兒一樣，這叫愛屋及烏。王儲很愛他的弟弟，所以也愛他弟弟的女兒。」

　　曉星反駁說：「他是因為內疚，他殺死了茜茜公主的父親，所以他對茜茜公主特別好，是心裏有鬼，他想彌補罪過！」

　　曉晴次次都被曉星駁回，有點急了，她嚷道：「我說不是謀殺就不是謀殺，你看皇宮裏的人都那麼好，約翰王子，儲妃，王儲，還有女王……」

曉星說：「我不認為這樣。你們想想看，皇宮裏的人竟然不等茜茜公主回國見父親一面，就急急把二王子埋葬，這不合情理。」

曉晴說：「這只能說明，女王怕茜茜公主回來後，因為糾纏在父親的死亡原因上面，不許把二王子下葬，所以趁她沒回來前，先為二王子舉行了葬禮。」

曉星說：「不會的，如果真是疼愛茜茜公主，他們怎會這樣做？因為，那是生離死別，這樣一來，茜茜公主連父親最後一面都見不到，這對她傷害是多麼大，不管因為什麼，都不能這樣做，不能！」

曉星說着，眼圈竟紅了。

「這⋯⋯」對手曉晴語塞了。的確，如果她是茜茜公主，會傷心得死去的。她只能喃喃地作最後的掙扎：「他們全都沒動機啊！王儲沒有殺死弟弟的動機，皇室沒有傷害茜茜公主的動機！沒動機，所以有疑點也不可以懷疑到他們頭上⋯⋯」

「停！停停！」一直饒有興趣地聽他們兩姐弟辯論的小嵐突然站了起來，踱來踱去。她一次又一次地重複着曉晴那句話：「沒動機，所以有疑點也不可以

懷疑……」

　　小嵐踱到窗前，抬頭望着夜空，嘴裏喃喃説着話：「沒有動機就不可以懷疑，要是有動機呢，如果有動機，那可能是什麼動機？動機，動機……」

　　曉星跑到小嵐身邊，奇怪地問：「小嵐姐姐，你老説什麼『雞』？你想吃雞嗎，我給你去買！」

　　「去去去！」小嵐一轉身，徑直朝曉晴走去，一把抱住她，叫道：「曉晴，謝謝你！謝謝你替我開了竅！」

　　曉星有點失落，這小嵐姐姐，這麼快就「另結新歡」了。曉晴就受寵若驚，不知自己做了什麼好事，獲小嵐如此「厚待」。

　　「喂喂，還傻站着幹什麼？快坐下來，我們再往下想。」小嵐首先坐下了，曉晴和曉星見這樣，知道是她想到了什麼，也就乖乖坐到她對面，等她開口。

　　小嵐興奮地説：「剛才曉晴説了一句話，沒動機，所以有疑點也不可以懷疑到他們頭上，這倒提醒了我。一直以來，儘管案件有很多疑點，但不論是皇室人員，或者茜茜公主，都沒辦法找到偵破辦法。但如果我們來個逆向思維，假如有動機呢，可能許多問

題就會迎刃而解。」

　　曉晴已忘了自己是這件事的正方，聽到小嵐是被她一句話提醒，禁不住得意地看了曉星一眼。

　　曉星聽到說事情有了轉機，高興得早把曉晴是對手的事忘了，他笑嘻嘻地朝姐姐翹了翹大拇指。

　　小嵐說：「好了，下面，我們就當是構思一本偵探小說，這本小說用了倒敘手法，一開頭便講，有個國家有一對雙胞胎王子，即是王儲和二王子。有一天，王儲把二王子殺了，他為什麼要殺兄弟，我們就來想想情節，因為什麼事……」

　　曉星一聽馬上興致勃勃地說：「好玩好玩！我們就當是幫小嵐姐姐構思小說。」

　　曉晴搶先說：「因為王儲想做國王！」

　　小嵐表示很重視，記在本子上：「好，因為想做國王。」

　　曉星接着說：「因為二王子不小心得罪了王儲。」

　　小嵐也記下了：「因為得罪……」

　　曉晴想了想，又說：「因為王儲想從二王子手裏搶奪一件寶物，而二王子不肯！」

小嵐又記下了：「因為想搶奪寶物。好，還有呢？」

曉星說：「因為他們都喜歡上一個女孩子，所以王儲把二王子殺了，好得到女孩子。」

小嵐邊記邊點頭：「兩個人同時喜歡上一個女孩子。噢，好小子，有意思，有意思！」

曉星一聽可高興了：「真的？小嵐姐姐，這次是不是因為我的話啟發了你？」

「嗯，也許吧！」小嵐含含糊糊地應着，「好，我們一起來分析一下。想篡位？不對，王儲本身已是王位合法繼承人。如果死的是王儲，這才說得通。得罪？⋯⋯這理由不大可能，只是因為得罪就殺人，不合理。搶奪寶物？好像沒聽茜茜公主講過他爸爸有什麼稀世寶貝，這個理由暫不考慮；至於同時喜歡上一女孩子，這倒是真的，因為他們的願望信就是這樣寫的呀。但說是因為爭女孩而殺人，這也不成立，因為娶了心愛女孩的人是王儲。反而如果換轉是二王子殺王儲，這才合理。慢着⋯⋯」

小嵐眼睛突然一亮，她重複着剛才說過的話：「如果死的是王儲，這才說得通⋯⋯如果換轉是二王

子殺王儲，這才合理……我們來一個大膽假設，假如死的是王儲，是否問題就很容易解釋了。」

「當然啦！如果死的是王儲，活着的是二王子，那作案動機就很明顯了，二王子殺掉王儲，他就可以取而代之，代替王儲當國王；二王子殺死王儲，就可以奪回心愛的女孩。」曉晴突然明白了小嵐的想法，她吃驚地說，「難道你懷疑……懷疑二王子因為要搶走王儲的繼承權，要奪回儲妃，殺死了王儲，然後假扮成王儲？！」

曉星張大嘴巴，被小嵐這個大膽的設想嚇呆了。好一會兒才說了一句：「不會吧！」

一時間，大家都沒有作聲，這推斷未免太嚇人了。

一會兒，曉晴點點頭說：「小嵐的推斷也不無道理，據說這兩位王子長得一模一樣，別人只能憑衣服顏色分辨。他們是兄弟，彼此有什麼愛好什麼習慣都了如指掌，要假冒起來，也不難。」

曉星說：「不對不對，即使瞞得了旁人，也瞞不了家裏人。我的意思是，即使其他皇室人員認不出王儲是假的，那儲妃呢，約翰哥哥呢，他們是一家人，

天天生活在一起，怎會不察覺他是假冒的呢？」

小嵐說：「我記得去王儲家作客時，儲妃說過，自從槍擊事件發生後，王儲忙於國務，一直沒回家住過，只是回去吃過幾頓飯。所以，儲妃沒發現王儲是二王子冒充，也不是沒可能的；還有，約翰告訴過我，他自上中學就出國讀書，只是每年回家十天八天，所以他這些年和父親之間也變生疏了。他這次回來，把這個跟自己父親長得一模一樣的叔叔當作父親，也並不奇怪。」

「啊，可憐的約翰！我得去告訴他！」曉晴驚叫起來。

小嵐忙阻止說：「千萬不要打草驚蛇！這只不過是我們猜測而已，要是讓女王知道了，會生氣的。說不定會請我們馬上回烏莎努爾呢！」

曉晴說：「那我們該怎麼辦？」

小嵐沉吟着：「目前我們要做的，是驗證王儲的真偽。」

曉星搔着頭：「我們跟王儲不熟悉，他是真是假，我們也分辨不出來。」

曉晴說：「是呀，這事情只有他的親人能做，但

現在既不可以跟約翰和儲妃説，也不能跟女王説。唉，這事好難啊！」

小嵐哈哈一笑：「你們好死心眼，除了儲妃和約翰、女王，不是還有一位茜茜公主嗎？」

曉晴説：「哇，那大喊包公主，要是讓她知道我們懷疑王儲是她父親扮的，不把事情搞砸才怪呢！」

小嵐説：「我們可以先不告訴她這些懷疑，但我們可以從她那裏了解一些王儲和二王子的事情，例如他們有沒有一些特有的小動作，或者哪位身上有一塊傷疤什麼的，那就好辦了。」

「對對對！」曉晴曉星二人異口同聲地説。

大家都很興奮，槍擊案的事，總算有點可查的途徑了。

第十一章
曉晴的把戲

　　由於心裏有事，小嵐一大早就醒了，她躺在牀上，把幾天來收集到的有關王子槍擊案的事想了一遍。她打算馬上去找一趟茜茜公主。

　　曉星還不見影兒，這傢伙肯定是在睡懶覺。要是他已經起來，肯定會把自己房門敲得震天價響，咋咋呼呼地讓自己起牀跟他玩。

　　對！叫曉晴一塊去。她應該起牀了，平日她都起得蠻早的。於是小嵐按了曉晴房間的內線。電話那頭曉晴馬上接了，但又支支吾吾地説肚子疼，得晚點才起來。

　　「這兩個傢伙沒事來找事，有事不幫忙！真氣人！」小嵐嘀嘀咕咕的，她只好單獨出馬了。

　　小嵐和茜茜公主在綠茵湖邊散步。

　　「茜茜，我想正式知會你，你父親的事我們已經有點眉目了。」

「啊，真的？查出大伯伯是殺害我父親的兇手了嗎？」

「目前還不能這樣說，不過，我們很快會有答案給你的。」

「嗚嗚嗚！爸爸呀！」

「噢，茜茜，你別哭，別哭嘛！你一哭，我亂了方寸，就不能替你查案了。」

「那好吧！我不哭，以後都不哭了！」

「噢，謝天謝地！」小嵐鬆了一口氣，又說，「現在需要你的配合，你能講講你的父母，還有你大伯伯、大伯母嗎？」

茜茜公主說：「很抱歉，這個我可能幫不了你多少，我們皇室有個傳統，就是我們這些公主王子一上中學，就會被送到外國讀書，一去十幾年，直到大學畢業才回國。所以我們跟長輩們一向聚少離多。」

小嵐鼓勵她說：「那不要緊，你知道多少，就講多少好了。」

原來，兩位王子和儲妃雲妮是一起長大的。雲妮是皇室宗親的女兒，因為生得聰明伶俐，又漂亮可愛，所以很小的時候就被女王接進皇宮居住，跟兩個

王子——米高和麥克一起生活。到了他們十二歲，即女王正式冊封米高為王儲那一年，三個人就分開了，王儲去了英國，二王子去了美國，而雲妮就去了法國學舞蹈。三人均在二十二歲那年回國，之後王儲跟雲妮結婚。至於茜茜公主的媽媽，是一位實業家的女兒，是二王子學成歸來後，由女王作主結婚的。

茜茜公主說完後，看了小嵐一眼。

「沒了？」小嵐有點失望。

「沒了。真抱歉，只能給你提供這麼一點點。」茜茜公主抱歉地說。

「沒關係。」小嵐笑笑，「我還想問問。你父親跟雲妮儲妃關係好嗎？」

茜茜公主想了想，說：「記憶中，他們之間蠻客氣的，我父親對這個嫂子也很尊敬。」

小嵐還想問什麼，突然茜茜公主喊了一聲：「你看，那不是曉晴嗎？」

小嵐轉頭一看，果然見到了曉晴。只見她手裏抱着一件什麼東西，急急地朝着樹林深處走去。她一邊走一邊東張西望，樣子鬼鬼祟祟的。

這傢伙搞什麼名堂，不是說肚子痛嗎？

茜茜公主看了看手錶，說：「喲，對不起，我今天上午要去聽一場很重要的講座，失陪了。要不，你找曉晴玩去。」

小嵐說：「行，你去吧！我自己隨便走走。」

「那好，小嵐再見！」

「再見！」

茜茜公主走遠了。小嵐望着曉晴剛才消失的地方，心想，這傢伙裝肚子痛，不跟我一塊出來，卻又一個人走進樹林子裏，一定有古怪。不如跟着她，看她搞什麼鬼。

於是，小嵐便放輕腳步，沿着曉晴剛才走的那條路，走進樹林裏。

走不多遠，便聽到前面有嚓嚓嚓的聲音，好像有人在挖土。再往前走，咦，看到了一個熟悉的背影，是曉晴！

只見她蹲在一棵大樹下，用一個小鐵鏟在挖坑。她的腳邊，放着一個小小的鐵盒子。

小嵐還發現，旁邊就是兩位王子和儲妃小時候埋願望信的那棵紫荊樹。

聰明的小嵐馬上明白是怎麼回事了。哈哈，曉晴

芳心動了，她準是喜歡上了哪位帥哥，於是效法王子儲妃，把自己什麼願望寫下來，希望將來能夢想成真。

小嵐心裏暗暗好笑，她剛想跑過去嚇曉晴一跳，揭穿她裝肚子痛，偷偷來埋願望信的鬼把戲。但想想又忍住了。乾脆等她走了，再去把信挖出來，看看她的夢中情人是誰？然後⋯⋯哼哼，誰叫你騙人！

於是小嵐把自己隱藏在一叢茂密的灌木後面，這樣曉晴不會發現她，而她卻可以清清楚楚地看到曉晴的一舉一動。

曉晴使勁地挖着，還不時鬼鬼祟祟地四處張望，害怕有人看見。大約過了十分鐘，洞挖好了，曉晴把那個鐵盒子輕輕放了進去，又用土埋了起來。她用腳踩了踩泥土，又四處觀察了一下，確認沒有人見到，便離開了。她哪裏知道，有小嵐「黃雀在後」。

等曉晴走遠了，小嵐便跑了出來，她仰天哈哈一笑，然後走到曉晴的「願望樹」前。

總不能用手去挖吧！得找件工具。小嵐四處找了找，哈哈，曉晴真夠意思，她竟然把鐵鏟扔在草叢中，沒帶走！小嵐撿起鐵鏟，使勁挖了起來。

泥土很鬆，所以很快就挖到鐵盒子了。小嵐把盒子拿出來，幸好沒上鎖，她輕輕一揭，便打開了。

哈哈，還模仿得十足呢！盒子裏有一個粉紅色的信封，上面印有心形圖案，跟儲妃小時候埋的那封願望信封面幾乎一樣。小嵐打開一看，不禁大笑起來！這回約翰有難了。

只見上面一筆一劃端正地寫着：希望約翰能成為我的男朋友。

也難怪，約翰高大英俊，又充滿情趣，是許多女孩子心目中的理想情人。如果曉晴真能如願，小嵐也會祝福她呢！

小嵐想，有機會，也給他們「搧搧風，點點火」，撮合撮合。曉晴啊曉晴，我這個朋友夠意思了吧，不但不計較你撒謊，還要出手相助。

小嵐把信放回盒子裏，然後把盒子放回坑裏。

盒子放下時，發出「咣」的一聲。小嵐愣了愣，鐵跟泥土相碰撞，只會發出悶響，莫非⋯⋯莫非還有東西？

是曉晴埋了兩個鐵盒子嗎？

這就奇了。又不是放很多東西，幹嘛要兩個盒

子？

　　小嵐馬上把剛放進去的鐵盒拿起，又把坑再挖大一點，果然不出所料，附近還有另一個盒子呢！費了一番周折，小嵐終於把另一個盒子取出來了。

　　小嵐望一眼便斷定，這盒子肯定不是曉晴剛放進去的。因為盒子上面不但泥跡斑斑，而且還生鏽了，像是在土裏埋了很多年。

　　它的主人究竟是誰？也是充滿幻想的皇族少男少女嗎？還是……還是也屬於兩位王子和儲妃？

　　小嵐心裏一驚喜，萬一是王子或儲妃埋下的，那說不定有助破案呢！

　　趕快打開看看！她急忙去揭鐵盒的蓋子。但這次沒那麼幸運了，不管她怎麼使勁，都沒法揭開。

　　小嵐擔心有人走過，便決定把盒子帶走。她把曉晴的盒子放回坑裏，用土埋好，然後拿着鐵盒急匆匆地回迎賓樓去了。幸好一路碰見的只是一般的侍衞和傭人，他們除了恭恭敬敬地向尊敬的客人小嵐公主鞠躬行禮之外，根本不會注意到她手裏拿着什麼。

　　小嵐徑直回到自己房間，把鐵盒放在桌上，開始擺弄起來。

盒子鏽死了，小嵐弄來弄去全沒辦法，她只好打開房門，叫一名傭人給她拿一個鉗子來。

一會兒，有人敲門，小嵐以為是傭人送鉗子來了，誰知道一打開門，是曉晴跟曉星兩姐弟衝了進來。

「小嵐姐姐，你一大早去哪了，我起來找不到你。」曉星有點埋怨地說。

「你小子還好意思說呢！太陽曬屁股了還不起來。」小嵐沒好氣地說。

曉晴在一旁抿着嘴笑得甜甜的。小嵐故意問她：「喲，看來我們的周小姐好開心哦，一定是肚子沒事了。」

曉晴笑瞇瞇地說：「是呀是呀，我真是很開心。」

曉星看了姐姐一眼：「姐姐今天有點不對頭。」

曉晴竟臉紅了，她作賊心虛地問：「有什麼不對頭？」

曉星說：「你今天老是笑，好像有什麼開心事。」

曉晴瞟了他一眼：「你別管！」

小嵐古古怪怪地笑着說：「曉星，我就知道你姐姐幹嘛這樣開心。」

曉晴一聽十分緊張，結結巴巴地問：「你……你知道什麼？」

小嵐還沒答話，有人敲門。曉星趕緊去打開門，原來是一名傭人拿了一把鉗子來。

曉星接過鉗子，奇怪地問：「小嵐姐姐，你要這鉗子幹什麼？」

小嵐用狡黠的目光看了曉晴一眼：「沒什麼，只是用來打開一個鐵盒子而已。」

「鐵盒子？！」曉晴尖叫起來。

曉星被姐姐的反應嚇了一跳，心裏奇怪姐姐犯什麼毛病了。小嵐也沒理曉晴，徑自拿着鉗子走向桌上的鐵盒子。

曉晴一眼霎見桌上的盒子，慌忙跑過去，伸手正要搶，但半路卻縮了回來。她發現那盒子不是她的。

小嵐哈哈笑了兩聲，話中有話地說：「怎麼啦？不是你的盒子？」

曉晴支支吾吾的，不知道說什麼好。

「小嵐姐姐，我來幫你開。」曉星自告奮勇接過

小嵐手上的鉗子，他又問，「小嵐姐姐，這玩意你在哪裏撿的？」

小嵐説：「在樹林裏。」

曉星覺得很好玩：「一定又是那些願望盒子吧！哈，這國家的人可真迷信！」

曉晴打斷他的話：「什麼迷信，很靈呢？你看看儲妃和王儲的願望不都實現了嗎？他們都跟自己喜歡的人結婚了。」

曉星聽了，笑嘻嘻地説：「姐姐，你這麼相信，乾脆也找個盒子來，把你喜歡的那個哥哥的名字寫上放進去，沒準也會應驗呢！」

「你閉嘴！」曉晴氣急敗壞地敲了曉星腦袋一下。

「姐姐，你今天怎麼啦？」曉星委屈地摸摸腦袋，「人家也是一番好意！」

小嵐嘻嘻地笑着，説：「我説曉星，你今天最好不要跟你姐姐講什麼願望信，什麼少女心事，要不，小心腦袋開花！」

曉星一邊撬盒子一邊説：「那姐姐最好你現在馬上消失，説不定這盒子一開，裏面又是一封願望

信。」

「還説！」曉晴伸手又想打弟弟。

曉星急忙一躲，沒想到把盒子扯到地上了。「哐噹」一聲，把屋子裏三個人嚇了一大跳。

沒想到因禍得福，盒子掉到地上時受到碰撞，蓋子打開了，盒子裏掉出了一本厚厚的粉紅色的緞面筆記本。

小嵐彎腰撿起那本粉紅色的筆記本。似曾相識的顏色，小嵐馬上想起儲妃和曉晴的願望信。

小嵐翻開本子，本子裏面的紙已發黃，但上面的字仍十分清晰。真是儲妃的日記本呢！她不禁做了個勝利的手勢，還外加一聲她平時認為幼稚的喊聲：「耶！」

「裏面寫了什麼？」曉星伸長脖子去看。

小嵐喜滋滋地説：「好東西，儲妃小時候的日記本。」

曉星嚷了起來：「哇，我們運氣可真好，這下子，説不定可以找到分辨真假王儲的方法呢！」

曉晴着急地説：「儲妃小時候的日記，哇，一定很羅曼蒂克！我們快看，快看！」

　　「不行！」小嵐把筆記本放到身後，說，「這涉及別人隱私，只能我一個人看。」

　　曉星不滿地說：「那不公平！我們一起破案，為什麼你能看我們不能看？」

　　曉晴也說：「就是嘛！」

　　小嵐口氣很硬：「我不會改變主意的，你們兩位請便。」

　　「哼！」這是曉晴用鼻子發出的不滿聲音。

　　「咚！」這是曉星用力跺腳發出的聲音。

　　儘管兩姐弟都用不同的方式表示自己的不滿，但最後一樣灰溜溜地被小嵐「請」出了房間。等他們「踢踢踏踏」的腳步聲消失之後，小嵐打開了儲妃那本厚厚的本子。

　　儲妃的日記記得並不連貫，有時天天寫，有時隔幾天寫，有時甚至一個月才寫一次，所以與其說是日記，倒不如說是大事記吧。幸好小嵐用她作家加偵探的頭腦，加以嚴密的組織和豐富的想像，把這些生活片斷組成了一段連貫的故事。

第十二章

儲妃小時候

雲妮八歲的時候就被女王接進了皇宮。

雲妮是狄克森家族掌門人唐納的獨生女兒。狄克森家族在胡魯國裏的顯赫程度，僅次於現任女王的布魯克家族，所以女王對唐納一向十分尊重。

有一年女王加冕周年紀念晚會，唐納夫婦把女兒雲妮帶去了。雲妮雖然才八歲，但已長得亭亭玉立，那張五官精緻、秀美迷人的臉兒，優雅的舉止，令所有到場的人驚為天人。連女王也忍不住把她拉到身邊，愛惜地跟她聊了很長時間，末了，還當場脫下手上一條鑽石手鏈，送給雲妮。

米高和麥克兩兄弟那幾天剛好出了國，參加一個國際兒童聯歡活動，回來後聽到人們議論雲妮的事，都很感興趣，跑去一個勁地問媽媽，什麼時候再請雲妮妹妹來皇宮玩。

其實女王早有請雲妮到皇宮住的想法，於是便徵

求唐納意見，請雲妮進宮住一段時間。

唐納夫婦當然十分樂意。

胡魯國皇室素有這一做法，就是邀請王公貴族優秀的子女進宮居住，跟王子公主們一塊生活，而其中合眼緣者，往往能成為儲妃或親王。所以，貴族們都樂於讓兒女進宮，期望能被選中，光宗耀祖。

但雲妮卻很不願意。當然啦，一個才八歲的女孩兒，又是父母的心肝寶貝，平日在家裏萬千寵愛在一身，又怎肯隻身進入皇宮，過寄人籬下的生活呢！至於將來有機會做儲妃的榮耀，對於小雲妮來說她一點都不在乎。在她的小心靈裏，做唐納的女兒，不知勝過做儲妃多少倍。

但雲妮是個乖女孩，她不想違抗爸爸媽媽的意思，於是勉為其難答應了。

一天傍晚，爸爸媽媽把雲妮送進了皇宮。女王安排了一幢漂亮的房子給她住，那房子設計十分別致，是全白色的，有着好看的小尖頂，看上去很像童話故事裏的小城堡。房子裏布置得豪華舒適，傭人們也服侍周到。雖然這樣，頭天晚上她還是讓眼淚打濕了枕頭。

第二天一大早，雲妮被窗外的鳥叫聲吵醒了。她睜開眼睛，看着豪華但陌生的環境，心裏想念爸爸媽媽，不禁又抽抽泣泣地哭了起來。

不知哭了多久。忽然，「嗯嗯嗯嗯」，不知什麼地方傳來了一陣小動物的叫聲。「是小狗！」雲妮不哭了，她驚喜地睜大了眼睛，四處張望。

啊，看見了！窗台上，有一隻小小的、雪白雪白的狗，正睜着黑珠子般的眼睛看着她，還不住地衝着她叫，好像在說：「跟我玩吧！跟我玩吧！」

雲妮馬上翻身起牀，跑到窗前，輕輕地把小狗抱在懷裏。

好可愛的小狗啊！牠一點不怕生，一個勁地把小腦袋往雲妮懷裏鑽。雲妮伸手撫摸着牠柔軟的毛，興奮得喘不過氣來。

雲妮最喜歡小動物了，她家裏就養了很多小動物，小狗、小貓、小兔……但這次進宮，爸爸媽媽卻一隻也不讓帶來。

這是誰的小狗？雲妮往窗外一看，只見一個年紀和自己相仿、穿白衣的男孩子站在外面。

男孩子微笑着說：「早安！」

「這小狗是……」雲妮問道。

男孩子友好地說：「是我送給你的。我知道你離開家不習慣，就讓牠陪你吧！」

「謝謝！」雲妮感動得想哭，「謝謝你，我太喜歡這禮物了！」

「我要去上學了，有空我們可以一齊和小狗玩。」男孩子彬彬有禮地朝雲妮點了點頭，轉身走了。雲妮抱着小狗，望着男孩子遠去的身影。小狗身上的毛很柔軟很柔軟，那温暖一直傳到雲妮心裏。

突然，她想起一件事，急忙大聲喊起來：「哎！請問你是誰？」

遠遠隱約傳來男孩的回答：「我是王子……」

下午，雲妮放學回宮，剛走到白房子門口，就有一個男孩子跑過來，他把手裏一樣東西往雲妮手裏一塞，說：「送給你！」

是王子殿下呢！雲妮低頭看看手裏，原來是一個小遊戲機。雲妮趕緊把遊戲機塞回給王子：「不用再送了，你不是剛送了一隻小狗給我嗎？」

男孩子神情有點迷惘：「你說什麼？我什麼時候送過東西給你？」

雲妮驚訝地揚起眉毛，這王子，不會是得了健忘症吧？

　　正在尷尬時，男孩子突然哈哈笑了起來：「我明白了，送小狗給你的，一定是我哥哥。」

　　「你哥哥？你和你哥哥怎麼長得一模一樣！」雲妮眼睛睜得大大的，「噢，我明白了，你們是雙胞胎！」

　　「沒錯。」男孩子笑着說。

　　當天晚上雲妮去赴女王特為她設的歡迎宴，一同坐在飯桌前的除了女王之外，還有兩位王子。

　　雲妮好奇把他們倆細細打量了一番，一樣的個子，一樣的胖瘦，一樣的黑頭髮，一樣的臉型及五官，簡直一個模子印出來的。唯一不同的，是他們一個穿白襯衣，一個穿藍襯衣。

　　晚飯在一片開心氣氛中進行，先是由雲妮猜猜誰是哥哥米高，誰是弟弟麥克，再猜送小狗的是哥哥還是弟弟，後來女王還說了許多他們兩兄弟由於長得像而鬧出的笑話，席間不時響起歡快的笑聲。

　　原來，米高和麥克兩兄弟的相似程度，連女王也沒辦法辨認他們誰是誰，所以，為了讓身邊的人認得

他們，兩兄弟自小就穿不同顏色的衣服。米高規定穿白色、灰色和綠色，麥克就穿藍色、黑色和紫色。

雲妮和兩位王子很快成了好朋友。她在皇宮裏不再孤獨。

就這樣，雲妮在皇宮很快過了幾年。少男少女漸漸長大了，雲妮以她少女特有的敏感，知道兩位王子都很喜歡她。但少女的心裏，卻更愛王儲。

其實兩位王子外貌一樣英俊，頭腦一樣聰明，性格一樣善良，對她一樣關懷愛護，但是，雲妮心裏的天平卻常常不自覺滑向米高那邊。是因為在她入宮第一天感到最孤獨的時候，米高送她一隻可愛的小狗？還是因為米高曾救了她一命？

那是她十二歲出國留學前幾個月，有一天，她和兩位王子一起溜出皇宮，到郊外遊玩。那天天氣好熱，他們走了不久，便熱得滿頭大汗。不久來到一條小河邊，河水又綠又清澈，雲妮便提議跳下河游泳。米高馬上響應，但麥克卻懶懶地說累，想到那邊樹林裏躺躺。

雲妮和米高撲通撲通跳下了水，那水又乾淨又清涼，兩人游呀游，十分開心。後來他們還比賽起來，

看誰游得快。游着游着，米高超前了，雲妮奮力追上去，沒想到，可能因為用力太猛，腿肚子突然抽筋，她剛來得及喊了一聲，就沉下去了。

米高聽見了那聲叫喊，他馬上往回游，潛下水底尋找雲妮，幸好很快找到她，把她救上了岸。雲妮吐了很多水，過了好一會，才驚魂稍定。她感激地對米高説：「謝謝你！」

米高卻微微一笑，説：「沒什麼，你沒事就好。」

雲妮正想説什麼，卻驚叫起來：「你的腳在流血？」

米高這才覺得右腳有點痛，一看，原來不知什麼時候，小腿上劃破了一道幾寸長的口子，血都流到腳背上了。

「天哪，一定很痛！」雲妮心痛地叫了起來，「一定是剛才你潛入水裏找我時，被水下的石頭劃破的。」

雲妮不顧自己還渾身沒力，硬撐着去拿背囊，從裏面找出小藥包。

「痛不痛？」雲妮一邊給米高包紮一邊心疼地問。

那傷口劃得還挺深的，每觸動一下都痛得厲害，但見到雲妮這麼關心自己，米高心裏那個甜呀，什麼疼痛都不在話下了。

「還説不痛呢！流了這麼多血。」雲妮眼淚都快流出來了，她又説，「回去找御醫看一下，發炎就麻煩了。」

米高阻止説：「不要不要！這事不能張揚，連麥

克也別説。我們私自出來玩，已經犯了宮規了，加上下河游泳，弄得你差點淹死，要是媽媽知道了，一定嚴厲懲罰我們，我不想你受委屈……」

米高突然臉紅了，沒再説下去。

雲妮定睛看着米高，她的眼神越來越柔和。突然，她迅速地親了米高一下。

不久，雲妮出國讀書了，她就讀的是一間世界着名的舞蹈學校，校規很嚴，為使學生專心學習，連通信都嚴加限制，所以雲妮跟胡魯國的聯繫都極少。只知道，她出國不久米高就被正式冊封為王儲，後來，他們兩兄弟也分別被送往美國和英國的着名學府讀書了。

在他們即將畢業回國時，雲妮分別接到了父母的電話。原來皇室開始給王儲選妃，女王和皇室長輩都屬意雲妮，認為她秀外慧中，將來可以母儀天下。唐納夫婦當然沒意見，於是雙方長輩分別致電米高和雲妮，徵詢兩位當事人的意見。

王儲喜出望外，欣然接受長輩們的安排；雲妮一顆心早已交給王儲米高，沒想到天從人願，讓他們有情人終成眷屬，也一口答應了。

女王很高興，準備等孩子們畢業回國，就馬上舉行婚禮。

　　雲妮因為參加國際芭蕾舞大賽，所以直到婚禮前一天才從法國回到胡魯國。那天她忙壞了，試婚紗、試鞋子、做面部護理、剪頭髮……連見見那兩兄弟的時間都沒有，直到晚上，她才和王儲一起，被許多人指揮着排練婚禮儀式，弄得昏頭轉向……

第十三章
茜茜公主遇車禍

那本日記只記到儲妃大婚翌日就中斷了，是她用了新的本子沒有放進盒子裏，還是再也沒有寫？要是沒有寫，那就太奇怪了。一個喜歡寫日記的人，竟然不記下一生中最難忘的事，除非，那之後遭受了什麼打擊，令她不願面對不想提及。

小嵐又想起約翰說的事，他家的老傭人依蓮提及，儲妃大婚第二天，大清早便躲起來痛哭。也許，在分開數年後，儲妃跟王儲思想上都發生了變化，他們發現彼此不是那麼愛對方，所以悔極而泣，繼而心灰意冷地把日記埋藏起來，不願再去觸碰那段往事。

小嵐聳聳肩，猜想歸猜想，新婚夜他們之間發生了什麼事，只有他們自己知道了。

「碰碰碰！」房門突然被人敲得震天價響，不用問，一定是曉星了。這小子，就是這副德性。

小嵐走去打開門，曉晴曉星姐弟跑了進來。

曉星急不及待地問：「小嵐姐姐，怎麼啦，儲妃的日記有線索嗎？」

小嵐瞪了他一眼說：「急什麼，我還在研究呢！」

曉星說：「告訴我們一點點也好，好焦急想知道啊！」

小嵐把日記放回盒子，說：「暫時發現一個線索，就是王儲小腿上曾經受傷。或者這會是破案的一個關鍵，一般傷口如果深的話，經過幾十年，仍有疤痕在。」

曉星驚喜地說：「我明白了，只要想辦法看看王儲小腿上是否有傷疤，就知道他是否真王儲了。」

小嵐表揚說：「聰明！」

曉晴聳聳肩：「哇，難度指數很高。我們連見他一面都不容易呢！更別說去看他的腿了。」

曉星撓撓腦袋，說：「姐姐說得也對，這的確很難啊！人家現在是堂堂一個國家的代理元首，我們卻要去捋起人家的褲腿，想想都有點古怪，搞不好，人家以為我們是瘋子呢！」

小嵐皺起眉頭，也犯難了。

曉晴説：「一個人露出小腿的時候，只有在洗澡⋯⋯」

曉星喊起來：「啊，姐姐好三級啊！」

曉晴氣得打了曉星腦袋一下：「壞小子，我是在分析而已！」

曉星嘟着嘴摸着腦袋，説：「人家不過跟你開開玩笑⋯⋯」

「哼！」曉晴瞪了弟弟一眼，「另外，還有游泳的時候⋯⋯」

「咦，有門！」曉星來了精神，「我們請王儲去游泳不就行了。」

曉晴説：「你以為王儲跟你很熟嗎？會答應跟你一塊去游泳！」

「去游泳？」小嵐轉了轉眼珠，説，「這事可以考慮進行，我們請不動國王，但有一個人可以請得動。」

曉星性急地問：「誰呀？誰呀？」

「茜茜公主。」小嵐説。

曉晴和曉星幾乎異口同地説：「對呀！怎麼就沒想到呢！」小嵐可真行！

小嵐得意地笑着：「王儲那麼關心茜茜，茜茜就是叫他上刀山，他也會去呢，何況區區去游泳。」

曉晴說：「但這事怎麼跟茜茜公主說呢，要是她知道我們的懷疑，肯定會露出破綻。」

小嵐想了想說：「這樣吧，我們就跟茜茜說，我們進宮以後，一直沒辦法接近王儲調查。游泳池那裏很清靜，所以想藉游泳之名，約王儲到那裏，向他問個明白。」

「好好好！」曉星大聲說，「茜茜姐姐一定很樂意這樣做，到時，我們就六隻眼睛一齊去檢視王儲的腿，看看上面有沒有傷疤。如果沒有的話，那他就是二王子假扮的！」

三個人都很興奮，總算可以進一步行動了。

事不宜遲，他們馬上去找茜茜公主。真不湊巧，茜茜公主又不在家，侍女展霞熱情地說：「公主很快就會回來，你們幾位可以稍等一下。」

等了快一個小時，還沒見到茜茜公主回來。首先是曉星坐不住了，又是伸懶腰又是打呵欠的。

展霞也有點着急地朝外面張望。正在這時，電話「鈴」地響了起來，展霞趕緊去接：「哈囉！我是展

霞。啊！天哪！怎會發生這樣的事！」

　　小嵐三人聽了都很吃驚，都用探詢的目光看着展霞。展霞放下電話，神情緊張地説：「茜茜公主發生車禍，被送往奧琳醫院了！」

　　小嵐一聽着急地問：「啊！受傷了嗎？嚴重不嚴重？」

　　展霞説：「公主也沒説得很清楚，只是讓我跟你們説一聲，讓你們去看她。」

　　「我們趕快去醫院看看！」小嵐又對展霞説，「展霞，你馬上告訴女王陛下！」

　　展霞搖搖頭説：「公主剛才吩咐我，先不要跟女王陛下説。」

　　「這樣啊！」小嵐疑惑地説，「那就尊重她的意見吧，我們先去看看情況，再決定告不告訴女王。」

　　一行人急急忙忙趕去奧琳醫院。剛到了門口，一個站在門口的小護士就迎上來，彬彬有禮地問道：「請問你們幾位是來看茜茜公主的嗎？」

　　小嵐點點頭，説：「是的。」

　　小護士説：「請跟我來！」

　　一行人跟着小護士搭電梯，一直上到十九樓。這

裏環境清淨，富麗堂皇，真不像是醫院。小護士把小嵐等人引進了一間病房，然後輕輕帶上了門，離開了。

「小嵐，你們來了！」躺在病牀上的茜茜公主向小嵐伸出手。她的臉色有點蒼白，頭上紮了一圈繃帶。

小嵐急步上前，一把抓住茜茜公主的手：「出什麼事了？你傷着哪裏了？」

曉晴和曉星也很緊張地圍了上來。

茜茜公主有氣無力地説：「我的頭很疼，手不能動了，腳也不能走路了。」

「啊，這麼嚴重！」小嵐嚇了一跳。

曉星帶着哭腔問：「那茜茜姐姐你是不是殘廢了？茜茜姐姐好可憐啊！」

曉晴也着急地問：「茜茜公主，你是怎麼撞的車？怎麼撞成這樣？」

茜茜公主苦着臉説：「我一邊開車一邊想事情，結果不小心撞到電燈柱上去了。」

這時一位戴着口罩的醫生走了進來。小嵐一見便問：「請問醫生，茜茜公主真會變殘廢嗎？」

「什麼？」醫生愣了愣，隨即笑了起來，「沒那麼嚴重。公主只是皮外傷，還有腳踝扭了一下，休息幾天就會沒事了。」

「你！」小嵐朝茜茜公主一瞪眼睛。

茜茜公主馬上嘟起嘴巴：「人家不過想你們多疼我一點而已，犯得着這麼兇嗎？」

曉星說：「茜茜姐姐，是你不對，你知不知道，剛才你把我們嚇壞了，我們多擔心你呀！」

「對不起囉！人家受了傷多痛啊，說說小謊，總該可以原諒吧！」茜茜公主眨巴着眼睛，想哭的樣子，「你們不知道，剛才醫生替傷口消毒的時候，痛得我喊救命！」

小嵐一見怕她又變「喊包」，便急忙說：「好啦好啦，你沒事就好。」

茜茜公主「嗤」一聲笑了。

醫生在旁見了，也忍不住笑起來。也許有點岔了氣，他咳了幾聲，便摘下口罩，用紙巾擦嘴。大家才發現，這醫生十分年輕，像是大學剛畢業不久的樣子。

曉晴在小嵐耳邊小聲說：「帥哥醫生！」

小嵐拿指頭捅了她一下：「喂，別見一個愛一個！」

曉晴撅起嘴：「什麼呀！」

醫生重新戴上口罩，走上前替茜茜公主把了把脈，又摸了摸前額，説：「公主情況良好，你們可以陪陪她説話。我辦公室就在走廊盡頭，有事可隨時找我。我是華生醫生。」

「謝謝華生醫生。」

醫生走後，病房裏馬上就熱鬧起來了。茜茜公主有聲有色地描述她撞車的驚險過程，引來大家一陣陣驚呼聲。

過了一會，曉星突然嚷起來：「啊，我們還沒吃晚飯呢！」

小嵐一看錶，哇，都晚上八點了。

茜茜公主説：「我剛才吃了一碗粥，現在餓了，我也想吃東西。」

曉晴提議説：「不如叫外賣！」

「你想得倒美！醫院能讓送外賣的進來嗎！」小嵐説，「乾脆我們自己去買，然後偷運進來。」

曉星馬上響應：「贊成贊成！剛才來的時候，我

看見附近有一家麥當勞，我們去買漢堡包！」

　　此建議獲得到一致通過。小嵐和曉星曉晴興沖沖地出去，很快買回來一大堆東西，大家就在茜茜公主的病房裏開起了一次大食會。

第十四章
一本書引出的話題

　　九點多時，大家要離開了。茜茜公主儘管不情不願，但總不能讓朋友們在醫院過夜呀，只好叮囑他們明天再來，然後依依不捨地說了再見。

　　小嵐他們把紙袋呀空盒子等垃圾拿去扔，沒想到在走廊裏和華生醫生撞個正着。

　　「噢！」曉星趕緊把袋子往身後藏。

　　華生醫生笑了起來，他狡點地說：「別藏了，你們剛才大呼小叫的，我早發現你們在病房裏開大食會了。」

　　小嵐有點尷尬地說：「不好意思！不會給你們造成騷擾吧？」

　　「NoNoNo！十九樓是特別護理病區，專留給皇室人員使用。剛好今天整層只有茜茜公主一位病人，所以沒關係。」華生醫生說到這裏，擠擠眼睛說，「只是，你們太不夠朋友了，光讓我聞漢堡包的香

味，卻不請我來嘗嘗，弄得我口水直流。」

「噢，對不起對不起！」小嵐和曉晴曉星三個人異口同聲地說。

「哈哈哈！」華生醫生爽朗地笑了起來，「好吧，就讓你們將功贖罪，幫我做一件事。」

曉星打心眼裏喜歡這位有趣的醫生哥哥，他拍拍胸口說：「行行行，十件都行！」

華生醫生說：「你們來我辦公室坐坐。」

「好啊！」這回是曉晴搶着回答了，她一直含羞答答地看着華生醫生秀朗英俊的臉，聽到他邀請，馬上答應了。

華生醫生從抽屜裏拿出一本書，交到小嵐手裏，說：「聽說你們是從烏莎努爾來的客人，能替我把這本書帶給萬卡國王嗎？」

「噢！」三個孩子同時驚訝地叫了起來。

曉星搶着問：「醫生哥哥，你認識萬卡哥哥？」

華生醫生笑着說：「是呀！他是我讀醫學院時的同學，我們是好朋友。」

曉星興奮地用拳頭捶了華生醫生一下：「太好了，真巧，我們也是萬卡國王的好朋友，這就是說，

我們也是好朋友了！」

華生醫生説：「噢，原來是這樣！我們當然是好朋友了！」

沒想到在遙遠的胡魯國也能碰到一個有關係的人，世界真是小小小！

小嵐説：「華生醫生放心好了，我們一定親自把書交到萬卡國王手裏。」

小嵐看了一下書的封面，書名是《奇妙的血型》。作者是……

「咦，華生醫生，原來這是你寫的書！」

「是呀！我除了是這間醫院的醫生外，還一直研究有關血型的問題，最近把一些研究成果寫成書……」

「哇，華生醫生，你好厲害啊！」曉晴誇張地驚叫着，伸手就要拿那本書。沒想到曉星手急眼快，搶先從小嵐手上拿過書，很感興趣地翻起來了。

「血型的四大類、最罕有的血型、父母血型對子女血型的影響、雙胞胎是否一定血型相同……」曉星讀着目錄上的小標題，「血型的四大類我知道，上常識課時老師講過，是A、B、O和AB這4種血型，簡稱

ABO血型。醫生哥哥，對不對？」

「很對！哇，曉星很有當醫生的潛質啊！」華生醫生笑瞇瞇地說。

「真的？」曉星一聽很得意，他還挺認真地考慮起來，「當醫生？不錯不錯，穿着白大褂，好帥！我長大就當醫生好了！」

曉晴嘀咕了一句：「美得你，你以為醫生是那麼容易當的嗎？」

「人家醫生哥哥也說我有當醫生的潛質呢，姐姐，這點你羨慕不來的了！」曉星得意洋洋的，這回終於可以在姐姐面前威風一次了。他又對華生醫生說：「那我真要認真讀讀你這本書，學多點醫學知識。哎，醫生哥哥，你這裏提到最罕有的血型，哪些是最罕有的的血型呢？」

「孟買型就屬於罕見血型。孟買型血型非常罕有，而這種血型的人又不能接受其他血型，因此急需輸血的孟買型血型的人常常找不到捐血者。對了，我發現，茜茜公主正是孟買型即Oh血型呢！所以我跟她說，以後千萬不可再魯莽駕駛，要是不幸受了重傷要輸血，那就麻煩了。」

146

小嵐驚奇地說：「啊！真的嗎？那真要提醒茜茜多加小心了！」

曉星指着「雙胞胎是否一定血型相同」那條標題，得意地說：「這個我知道，我看過一本書，說雙胞胎的血型是相同的。」

華生醫生說：「這說法也對也不對。」

曉星有點不明白：「醫生哥哥，你說的話好『禪』啊！」

「好『禪』？」這回輪到華生醫生不懂了，「什麼叫『禪』？」

曉晴柔聲說：「華生醫生你別理他，你就給我們說說雙胞胎的血型吧！」

華生醫生說：「雙胞胎又分為單卵雙胞胎和雙卵雙胞胎兩種，單卵雙胞胎如曉星所說，會有相同血型。但雙卵雙胞胎呢，則因為胎兒各有單獨的胎盤、絨毛膜和羊毛膜，兩個胎盤之間的血液循環並不相通，兩個胎兒安居在各自的胎囊裏。所以胎兒的性別、血型都有可能不同……」

曉星邊聽邊點頭，他突然想到了胡魯國的兩位雙胞胎王子：「咦，不知道米高王儲和麥克二王子是屬

於單卵雙胞胎還是屬於雙卵雙胞胎呢。」

　　華生醫生說：「他們肯定是雙卵雙胞胎。因為我知道他們有着不同的血型。王儲米高是 A 型，二王子麥克是 O 型……」

　　小嵐一直沒吭聲，靜靜地聽着華生醫生講解罕有血型及雙胞胎的血型，眼珠在骨碌碌地轉着。

第十五章
血的疑惑

　　當天晚上九時多，王儲米高接到奧琳醫院華生醫生打來的一個緊急電話——茜茜公主遇車禍生命垂危，請王儲速來。

　　米高正在辦公室處理國務，聽到消息大吃一驚，他來不及通知其他人，只叫了侍衛長和兩名衛士陪同，便急急忙忙地趕往奧琳醫院。

　　當王儲出現在華生醫生面前時，已是滿頭大汗，可見他心裏是多麼的焦慮。

　　「醫生，快帶我去看茜茜！」他又轉身對侍衛長說，「你們在這兒等我。」

　　華生醫生把王儲帶到茜茜公主病房外面，那裏有一塊大玻璃，隔着玻璃看進去，可以見到裏面的情形。

　　茜茜公主身上插滿各種管子，昏迷不醒地躺在病牀上。旁邊兩名護士寸步不離守着她。

「茜茜，茜茜！你醒醒，醒醒，我看你來了，大伯伯看你來了！」米高喊着，那種悲痛、焦急暴露無遺。他又一把抓住華生醫生：「她怎麼啦？醫生，你快説！」

「尊敬的王儲，公主情況不妙。她因為大量出血，已陷入昏迷狀態，目前急需馬上輸血。」

米高王儲這時完全沒有了平時的王者氣度，他氣急敗壞地喊道：「那你還在這裏磨蹭什麼？快給她輸血啊！」

華生醫生無奈地攤開雙手：「很遺憾，直到現在，還沒有找到適合她的血。」

米高怒氣沖沖地説：「什麼鬼話？茜茜是Ｏ型血，要找到同血型者有何難？」

華生醫生搖搖頭：「我曾替茜茜公主抽血化驗，證實她是罕有的孟買血型即Ｏh血型。其實很多Ｏh血型的人，都會被認為是Ｏ型。Ｏh血型的人，他們的血清會產生對抗Ｈ物質的抗體，而Ｈ物質是孟買血型以外，所有血型的紅血球都有的。故此，孟買血型的人只可接受相同血型的血。但這種血型十分罕見，我們醫院血庫根本沒有，現在我已讓人在全國所有醫院

血庫尋找，希望能找到。」

「Oh血型？」米高愣了愣。

華生醫生說：「可惜她的父母都不在了，要不，或許他們其中一個會是這種血型。」

米高沉默不語，神情哀傷。

一會兒，他悲傷地把臉貼近玻璃，好像想把裏面的茜茜公主看得更清楚點：「醫生，茜茜還能等多久？」

華生醫生說：「這個我不好說，每名病人的身體素質不同，所以承受能力也不同。當然越快輸血越好。」

「天哪！茜茜，茜茜，你千萬要挺住！」米高看着裏面的茜茜公主，嘴裏喃喃着。

一會，他又焦燥不安地對醫生說：「你不能光靠國內醫院，得請外國血庫也幫忙找找Oh血，聽到沒有！」

「是，王儲殿下。」華生醫生點點頭，又說，「不過，外國路途遙遠，即使找到，也等不及送來了。」

米高王儲身子晃了一晃，好像要倒下去似的，華

生醫生急忙伸手把他扶住了。「殿下，您先回去休息吧！您放心，我們一定盡全力搶救茜茜公主的。」

王儲擺擺手，説：「不，我要留在這裏看着茜茜，一直等到找到合適的血為止。」

華生醫生説：「殿下，對不起我不能陪您了，我得去處理尋找適合血漿的事。」

「Oh血漿一有消息，馬上跟我説。」王儲吩咐説。

「是，殿下！」

一會兒有小護士拿來了一張單人沙發，放在王儲身旁，請他坐。王儲只坐了一會，又站起來了。他一會兒憂慮地望着茜茜，一會兒在病房門口走來走去，臉上滿是悲傷、苦惱。

侍衞長走過來，説：「殿下，要不要通知女王陛下？」

「不用。」米高斬釘截鐵地説。他又朝侍衞長揮揮手：「沒我召喚，不要過來。」

時間在一分一秒地過去，王儲越來越沉不住氣了，他不時讓侍立一旁的小護士去問問華生醫生，血漿的事有眉目沒有，但得來的卻是一次又一次的

失望。

　　突然，王儲聽到病房的門「碰」一聲打開了，一名護士衝了出來。

　　王儲驚慌地問：「什麼事？」

　　護士說：「病人有危險！我去找醫生！」

　　「天哪，茜茜！」王儲就要衝進病房。

　　誰知裏面那名護士把他擋住了，她毫不客氣地說：「您不能進病房，這樣會把細菌帶進來的。」

　　這時華生醫生跑來了，他也沒顧得上跟王儲說話，就進了病房，護士又把門關上了。王儲急忙跑到窗玻璃前面，誰知，護士在裏面放下了布簾，他什麼都看不到。

　　「茜茜，可憐的茜茜，你千萬不要出事，千萬不要！」王儲在走廊裏走來走去，急得就像熱鍋上的螞蟻。

　　一會兒，門開了，華生醫生走了出來。「醫生，怎麼樣？」王儲一把抓住他的手臂，拚命搖着。

　　「殿下，您別激動，小心身體。」華生醫生說，「但我不得不遺憾地告訴您，公主不能再等了，半小時之內再不輸血，恐怕就回天乏術了。」

153

「啊！」王儲大叫一聲，往後一跌，幸好剛剛倒在那張沙發上。

　　他雙手摀住臉孔，熱淚縱橫，嘴裏不住地叫着：「茜茜，茜茜，我對不起你，對不起！」

　　突然，他猛地跳起，再次抓住華生醫生的手臂，說：「我是Oh血型，你快抽我的血！快！」

　　華生醫生大驚：「殿下，您……您不是Ａ型血嗎？」

　　王儲怒喊道：「你別問那麼多，我説是就是！」

　　華生醫生説：「對不起，殿下！您得明白我作為
一名醫生，是要對病人負責的。這樣吧，我得按規定
化驗一下您的血型。」

　　王儲説：「那你還等什麼？快呀，快抽血化
驗！」

　　華生醫生説：「好的，您跟我來。」

　　華生醫生把王儲帶進自己的辦公室，拿出相應器
具，替王儲抽血化驗。結果很快出來了。

　　華生醫生看着那份檢驗報告，用詫異的眼光看着
王儲：「殿下，您果然屬於罕見的Oh血型。但您過往
的血型資料顯示，你明明是Ａ型血⋯⋯」

　　王儲不耐煩地打斷他的話：「別那麼多廢話了！
既然我的血型跟茜茜吻合，那快呀，快點把我的血輸
給她。」

　　這時候，旁邊一道小門打開了，裏面走出四名少
年男女，為首一名短髮女孩説：「不必了，殿下。」

　　王儲愣了愣，他緩緩轉過身來。他的視線落在
短髮女孩身旁一個人身上，不禁大喊起來：「茜
茜⋯⋯」

那四名少男少女正是小嵐、茜茜公主和曉晴姐弟倆。

王儲猛地轉身，怒視華生醫生：「你好大膽，竟敢騙我！」

「您別責怪華生醫生，這全是我的主意，是我逼他這樣做的，我只想逼您承認是我的父親。」茜茜公主悲傷地說，「我已經沒有了母親，當我聽到您的死訊的時候，我是多麼地傷心難過、痛不欲生！爸爸，您怎麼可以這樣做，怎麼可以！」

茜茜公主嚎啕大哭。

王儲，不，現在應該叫二王子了。二王子臉上露出痛苦的表情：「茜茜，我的女兒，爸爸對不起你！」

茜茜公主哭着喊道：「您別叫我女兒，我沒有您這樣的父親！」

突然，門口傳來一聲怒喊：「逆子，我也沒有你這樣的兒子！」

大家一看，門外進來了三個人，他們是女王，還有儲妃雲妮，小王子約翰。原來，他們聽到茜茜公主受傷的消息，連夜趕來了，沒想到在門外聽到了屋裏

人的對話。

女王震怒了。

「母親！」二王子撲通一聲跪在地上。

女王用手指着二王子，老淚縱橫：「為什麼，你為什麼要冒充王儲？你哥哥的死是不是跟你有關？你這大逆不道的畜生！」

二王子痛苦地說：「母親，對不起，對不起！」

女王說：「你不單對不起我，對不起你的女兒，更對不起雲妮和約翰。」

雲妮臉色蒼白，身體搖搖欲墜。一旁的約翰驚問道：「天哪，這是怎麼回事，難道您不是我父親，難道中槍身亡的是……」

約翰不敢說下去了，因為他發現身邊的母親身子晃了晃，就要倒下。「媽媽，媽媽！您怎麼啦！」

小嵐趕緊拿過一張椅子，扶儲妃坐下。儲妃用手捂着臉，小聲飲泣着。

女王關切地看着儲妃，說：「雲妮，堅強些！」她又怒氣沖沖地對二王子說：「快說，究竟是怎麼回事？你為什麼要自認米高？米高究竟是怎麼死的？」

第十六章
你是誰？

　　讓我們回到國慶日那段日子。那天天氣很好，所以除了兩位王子之外，連平日不大喜歡戶外運動的女王，也穿上了獵裝，加入了打獵的隊伍。

　　一行人來到了皇家獵場，可能是天氣好的緣故，動物都跑出來了，所以獵獲的東西特別多，連女王也打了一隻野雞。這讓女王十分開心，她高舉獵物，哈哈笑着，接受兩位王子和隨行人員的歡呼喝彩。隨行的皇家記者也不失時機地把這情景拍攝下來，準備登在報紙上，讓國民看看皇室的風采。

　　喝彩聲驚動了一隻小鹿，牠「嗖」地從草叢中跑了出來，撒開四腿朝樹林裏跑去。在燦爛的陽光下，牠前額那一塊白色很是顯眼。

　　「小白額！」米高和麥克幾乎同時喊了起來，也幾乎同時策馬追了上去。他們都認得，這正是儲妃雲妮養的那隻剛出生不久的小鹿，牠在兩天前跑了出

來，一直不見蹤影。為了這事，儲妃一直很擔心，怕牠太小，碰到大野獸會有危險。

兩位王子一直追了幾百米，眼看就要追上了，突然米高的坐騎給什麼絆了一下，一個馬失前蹄，把米高摔在地上。

麥克趕緊跳下馬來，跑去看看米高。幸好米高剛好掉進一個水坑裏，沒傷着，只是衣服濕了一大半。

清晨的天氣還有點涼，米高不禁打了個顫。麥克見了，馬上脫下自己的藍色外衣，要米高換上：「我們交換衣服穿吧！你感冒剛好，小心又病了。」

「不行不行！我不可以讓你穿這又髒又濕的衣服。」米高開始不肯。

「不要緊，我們馬上回去，叫人拿衣服來換就行了。」麥克硬是幫米高脫下濕衣服，換上了他的藍色外衣。

「麥克，謝謝你！」兄弟情深，米高只好接受了。

大家就這樣互換了衣服。

小鹿早已跑得無影無蹤了，他們惋惜了一會，準備回去和母親會合。米高撿起了槍準備上馬，而麥克

就還在扣着濕衣服上的最後一顆扣子。突然，一隻野豬不知從哪裏跑了出來，直朝他們衝過來。這隻野豬個頭很大，樣子十分兇悍，要讓牠咬一口，可不是好玩的。兩人未上馬，要跑來不及，要開槍，雖然米高有槍在手也來不及瞄準了。米高急中生智，把手中的槍向野豬一擲，可能是想先趕跑牠再說。

沒想到，那枝槍沒扔中野豬，卻撞上了一棵樹幹，不幸的事情發生了。事情就那麼巧，也不知怎的就剛剛撞到了扳機，子彈發射出來，剛好射進了米高的腦袋……

米高當場倒下，他的鮮血濺了麥克一身。目睹慘劇的麥克頓時呆若木雞，直到安娜和侍衞尋來，他仍未清醒過來。

由於他們互換了衣服，所以大家都誤把倒在地上的米高喚作二王子，而把他稱作王儲。麥克也沒想到要去澄清，只是呆呆地看着眾人抬起米高，呆呆地和米高一起被送到醫院，因為他滿身是血，大家都以為他也受傷了。

當女王哭着問他出了什麼事、麥克為什麼受傷時，他竟然什麼都記不起來了。只記得兩人一起去追

小鹿，之後發生了什麼事，竟一點印象都沒有。

渾渾噩噩地過了一天，麥克才清醒過來。電光火石之間，他記起了樹林裏發生的所有事情。他為兄弟的死感到無比悲痛。但是隨着身邊的人對這件事的看法，他也感到了一種説不清的恐懼。

在一個只有他們兩兄弟的環境裏，米高被槍擊中，那過程是那麼離奇，離奇到連他這個目擊者也不敢相信，何況是別人？而且，人們會認為他有作案動機，是為了篡位而殺王儲。因為胡魯國憲法規定，如果儲君不幸去世，其儲君資格會由兄弟繼承。他現在真是跳進大海也洗不清了。想到即將陷入一場可怕的是非中，會一輩子被人在背後指指點點時，他感到不寒而慄。

他突然萌生了一個他自己也難以置信的念頭，反正所有人都以為他是王儲米高，因為只有活着的是王儲，人們才會推翻有關「謀殺」、「篡位」的推測，而相信是意外。他才能挺起胸膛過他今後的日子，並幫助體弱多病的母親撐起胡魯國的江山。何況，他這樣做問心無愧，有些東西本來是屬於他的……

唯一最對不起的，就是女兒茜茜，是自己令幼失

母親的她，又得遭受喪父之痛。這也令他常常半夜醒來睡不着，後悔和悲傷咬噬着他的心。所以，面對茜茜生命垂危需要輸血，他寧願身分曝光也要去救女兒。

麥克的話，令在場所有人都感到無比震驚，連原先就懷疑王儲的身分，策劃了逼二王子現身這個計劃的小嵐，也覺得匪夷所思。

儲妃捂着臉在飲泣，約翰神情哀傷，女王臉色十分難看，她對麥克説：「不管你是基於什麼原因，事實上，就是你一直隱瞞槍擊案的發生經過，還冒充王儲米高，代理國王職務。這些都是違反國法的事，雖然你是我兒子，但我也不能袒護你，就交由法律裁決吧！從現在起，我取消你代理國王身分，由我重新執政。現在宣布，你，二王子麥克，已因冒認王儲罪，觸犯刑法，須即時逮捕歸案。」她又喊道：「侍衞長！」

「慢！」一直沒作聲的小嵐突然大喊了一聲，「女王陛下，您不能抓王子殿下！」

女王威嚴地看着小嵐，説：「小嵐公主，家有家規，國有國法，二王子冒充米高，罪不可恕，你不必

替他説情。」

小嵐説：「是的，如果王子殿下真的冒充王儲，的確有罪。但現在問題是，在您面前的，是真正的米高王子。」

「啊！」在場的人都萬分驚愕，連儲妃也停止了哭泣，驚奇地看着小嵐。

茜茜公主着急地看着小嵐，説：「你怎麼啦，你不是跟我説，有可能他是我父親麥克，讓我配合揭穿真相嗎？結果證明你判斷是對的，連他都承認是我爸爸麥克，怎麼你現在又……」

「事情有點複雜，但他的確是王儲米高，這問題有一個人可以證明。」小嵐看着雲妮儲妃，説，「這個人就是儲妃。」

所有人更驚訝了。大家的眼光「唰」地落在儲妃身上。

儲妃愣了愣，用驚愕的眼神看着小嵐，但她並沒有否認。女王用鋭利的目光看着她，問：「雲妮，小嵐公主説的話，難道是真的？」

儲妃低着頭，好久沒説話，之後才沉重地點了點頭。

「一會兒是麥克，一會又是米高，你究竟是誰？！」女王往後一靠，仰天長歎。之後她無力地對小嵐說：「好孩子，我知道你很聰明，你一定知道些什麼，請你告訴我好嗎？」

小嵐點點頭，說：「好的，女王陛下！其實這事說穿了也並不複雜，因為兩位王子，是經歷了兩次調包。」

「兩次調包！」在場的人除了雲妮儲妃之外，都驚訝地把小嵐的話重複了一次。

「是的。」小嵐說，「兩位王子在立王儲之前，已經因某種原因調換了身分，就是說，一直以王儲身分出現的，其實是麥克王子，而被稱為麥克的人是真正的王儲，您的大兒子米高。在槍擊事件中，兩位王子因為換了衣服而又導致對調了身分，但正確點說，是撥亂反正，回復了真正身分。所以，我們眼前的這位，才是真真正正的、按法例應該成為未來國王的人。」

大家聽得目瞪口呆。女王說：「你說立王儲之前，兩個王子已互換了身分，你有什麼依據？」

小嵐說：「當然有。依據一，華生醫生曾談到一

件奇怪的事，說他之前因為要寫一本有關血型的書，曾大量搜集資料。在那過程中，他曾見過一份王子們出生時的血型報告書副本，上面寫着大王子米高的血型是O型，二王子麥克的血型是A型。後來又查到立王儲時兩位王子做的一份驗血報告，鑒定卻是相反的，變成王儲米高是A型，二王子麥克是O型。我覺得很奇怪，於是馬上致電一間國際著名的偵探社，讓他們查查出生血型證明書的真偽。他們很快便回覆了，出生血型證明書是真的。他們還查到，原來王子出生時的血型證明書本來一直留在他們出生的博愛醫院，但在王子們十歲時，醫院辦公室失火，把許多資料都燒了，其中包括了王子們的血型資料。這份副本，可能是當時有人影印了，拿了出去作研究用，所以能保存下來。當證明了這份出生血型報告書的正確之後，就可以作這樣的定論——O型血的就是大王子米高，A型血的就是二王子麥克。所以，當我發現立王儲時所作的血型鑒定，跟出生時的血型是對調了的時候，又聯想到之前所了解到的一些事情，我就作出了這樣的假設——兩位王子在出生之後、立王儲之前，曾調換了身分。」

女王皺着眉頭說：「出生血型報告書被燒一事，我也記得，當時也沒有想過會出什麼問題，對他們倆誰是O型誰是A型，我也挺糊塗的。後來立儲君，才又為米高和麥克驗了一次血型，記錄在案。按你這麼說，如果華生醫生所找到的副本是真的話，那就真的是有問題。你還有第二個依據嗎？」

小嵐望向儲妃：「其實第二個依據，儲妃阿姨比我清楚。」

女王直視儲妃：「雲妮，你究竟隱瞞了什麼，須知王儲身分問題，關係重大！」

儲妃含着眼淚說：「母親，我對不起您，因為從我在法國留學回來，和王儲大婚時，就發現了一件事，就是我嫁的不是米高，而是麥克。」

女王驚問：「你憑什麼這樣肯定，連我都只能從他們的衣服分辨他們是誰。」

儲妃說：「我十二歲時，即出國讀書的那一年，有一次游泳時曾經遇溺，米高奮不顧身地去救我，不小心讓利物割傷了小腿，當時他怕您怪罪，所以對所有人隱瞞了這事。那傷口很深，而且足有幾寸長，按理一定會留下一道顯眼的疤痕。但結婚當晚，我卻

發現和自己結婚的人，小腿上沒有一絲曾受傷的痕跡。」

約翰一直站在媽媽身後，關懷地看着她，聽到這裏，插了一句：「媽媽，人體機能因人而異，疤痕的消退速度也有不同，或者十年之後，那傷疤真的消失了呢，您不能單從這點就斷定爸爸不是真正的米高王子。」

儲妃歎了口氣：「我當時也這樣心存僥倖。但婚後不久，有一次兩個王子一起去打獵，因為天氣熱，他們兩兄弟都不約而同穿上了短褲，我當時看得清清楚楚，穿藍衣的麥克，小腿上就有着一條幾寸長的舊傷痕，那位置跟當年米高救我時，受傷位置一樣。」

「真令人難以置信！」女王歎了口氣，她無奈地對跪在地上的兒子說，「你先起來吧！告訴我，你們兩兄弟究竟發生了什麼事？雲妮說的是否真的？」

王子痛苦地說：「本來，我打算讓這件事永遠成為秘密的。事到如今，人證物證俱在，看來再也難以隱瞞下去了。」

第十七章
互換身分

事情發生在正式冊立王儲的前一天，王子兩兄弟一起去爬山。兩人爬到山頂，看着藍天白雲，不禁心曠神怡，於是共肩躺在草地上，海闊天空，暢談理想。

米高突然歎了一口氣，說：「其實我最希望當的並不是國王。」

麥克吃了一驚：「哥哥，你怎可以這樣說。當國王是一件多麼有趣的事情，可以統治一個國家，可以指揮千軍萬馬，好威風啊！」

米高皺着眉頭說：「我喜歡當宇航員，飛上太空，那才威風呢！」

麥克嘀嘀咕咕地說：「唉，這才叫天意弄人呢！想當的當不了，不想當的卻偏要當！」

米高突然一骨碌坐了起來，對麥克說：「我有個想法！」

麥克也坐了起來，問：「什麼想法？」

米高說：「你喜歡當國王，我喜歡當宇航員，不如這樣，我們調換身分好了。你扮作我，明天接受冊封，我就扮作你，選擇自己喜歡走的路，去讀航空學院，將來上太空！」

「啊！」麥克被哥哥這個大膽的想法嚇住了，「不行不行，你是哥哥，是天生要當國王的人，我冒充你接受冊封，將來要是讓人知道，那可是天大的罪！」

米高着急地說：「不會有人知道的，我們長得這麼像，連母親都分不出，只要我們不說，誰也不會發現。好弟弟，你就成全我吧！」

麥克想了想，說：「主意是不錯，而且我也真的喜歡當國王。不過，你一定不可以說出去，要不，我死定了！」

米高興奮地說：「好，我們拉鈎好了，我們誰也不說。」

於是，兩個王子伸出小指頭：「拉鈎，上吊，一百年不許變！」

米高開心地說：「好啦，我們快換衣服！」

兩個人都很興奮，隨即換了衣服。米高說：「從現在起，我就是弟弟麥克，你就是哥哥米高。誰把互換身分的事說出去，就是蠢豬，是笨狗……」

　　麥克接着說：「是大壞蛋、大叛徒！」

　　「哈哈哈！」兩人大笑起來。

　　當兩人回家時，已經以各自新的身分出現。

　　第二天，麥克以米高王子的身分受封，並留下確立身分的證明文件，包括血型證明。

　　至於米高，事情發展卻令他大失所望——他並沒有實現讀航空學院的理想，在冊封王儲的同時，女王內定他為未來的輔國大臣。為了令他將來更好履行職責，女王替他報讀了外國一間著名學校，讓他從中學起就學習輔國之道，不管他怎樣反抗都沒用。最後他只能放棄理想，接受將來做麥克助手這一現實。

　　王子講出了互換身分的事以後，在場的人都覺得太匪夷所思了，難以相信這是事實。

　　女王搖頭歎息：「作孽啊，我竟被你們兄弟蒙騙了這麼多年，怎麼我竟沒有發覺你們互換了身分呢！我真是一個失敗的母親啊！」

　　小嵐同情地看着女王。兩位王子出生不久，女王

父親即老國王就去世了。女王繼位時才二十出頭，一個向來嬌生慣養、無憂無慮的公主，一下子成為一國之君，她壓力要多大有多大，所以她哪還有時間去留意去關心那一對雙胞胎？！

女王對王子說：「真是作孽啊！你有為自己的所做所為後悔嗎？」

「有！」米高看了儲妃雲妮一眼，那神情好憂鬱，好悲哀。

當米高知道女王選中雲妮為儲妃時，追悔莫及。要不是兒時一個幼稚的決定，那跟雲妮結婚的就是他而不是頂包的弟弟了。

足足有一年時間，他都痛不欲生。他不敢面對雲妮，很多次，他想離家出走，去一個遙遠的地方，再也不見雲妮的面。可惜，他是胡魯國王子，身負未來輔國大臣的使命，一走，就成了可恥的逃兵，被國民唾罵。

女王當然不知王子此刻在想什麼，只以為他在為自己荒唐的做法而後悔。她長歎一聲，眼神已不如之前凌厲。她覺得在某種程度上，自己也有對不起米高的地方。米高作出那麼大的犧牲，甘冒天下之大不

釁，放棄王位，只是為了當一名宇航員，而自己卻殘忍地令他夢想破滅。

可憐的米高！

女王心軟了。她準備放過米高。

偏偏小王子約翰發難了。他最疼愛母親，眼看母親一直流淚，不禁憤怒了！在他心目中，丈夫、父親，都是神聖的名字，但米高為了避嫌竟然冒作母親的丈夫、自己的父親，太欺負人了！

他氣沖沖地對女王說：「奶奶！如果我父親當年的確和米高伯父互換身分，之後米高伯父又未能實現當初想法，實現做宇航員的夢想，那麼，米高伯父難保不會遷怒於我父親。還有，他也很自然想拿回原本屬於他的東西。所以，在槍擊案中，我覺得他有殺害我父親的動機。我有理由懷疑他剛才所說，父親是獵槍走火身亡的所謂事實！」

「這個……」女王聽了十分吃驚。

約翰說得不無道理，事情又複雜起來了。

大家都不約而同把眼光投向小嵐，希望她有辦法解決這個問題。

小嵐一時無語，暗想，麥克王子已去世，這件案

子恐怕要成為千古之謎了。

這時，女王説話了：「我帶你們去見一個人。」

大家都有點奇怪，不知道女王要帶他們去見什麼人，但女王不説，大家都不敢問。只有曉星憋不住，問道：「女王奶奶，您帶我們去見誰呀？跟王子槍擊案有關的嗎？」

女王沒正面回答，只説：「見面的時候，你們就會明白了。」

一行人回到皇宮。女王吩咐所有衞士迴避，由她親自引路，一直把大家帶到了御花園盡頭，一座綠樹掩映着的幽靜房子。

女王用手裏一個遙控器打開了大門，裏面迎出一名穿白衣的護士：「女王陛下，您來了！」

「嗯！」女王又問，「他今天怎樣了？」

護士回答：「回陛下，跟之前差不多。」

「唉！」女王重重地歎了口氣。

大家面面相覷，不知道女王跟護士説的是誰。

這回是護士在前面引路，一會兒，她推開了一扇白色的門，然後率先走進了一個房間。

顯然是一間病房。裏面全是白色的，還瀰漫着濃

174

濃的消毒藥水味。大家都注意到，病房一角有一張病牀，上面躺着一個人。

米高首先叫了起來：「天哪，麥克！」

緊接着約翰也喊了起來：「啊，是父親嗎？」

雲妮儲妃嘴唇顫抖着，臉色慘白。

沒錯，病牀上躺着的，的確是之前被當作王儲的二王子麥克。但是，他不是已中槍身亡，並且下葬了嗎？！

一片驚訝的聲音從不同人的口中發出。

「麥克！麥克！」

「父親！父親！」

「別喊了！」一行熱淚從女王眼裏流了出來，她輕輕說了一聲，「他不會回答的。他是植物人，跟死了沒什麼兩樣。」

「奶奶，這是怎麼回事？」約翰哭着問。

儲妃雲妮撲到麥克身上，哭成淚人。

米高站在一旁，默默流淚。

小嵐掏出紙巾，遞給女王，又說：「大家別難過了，只要能保住一口氣，二王子就有希望。」

「說得對！」女王接過紙巾，又感激地朝小嵐點

點頭，「我也這麼想，只要他人還在，就有機會醒來。」

這時，曉星走了過來，問：「女王奶奶，不是一直聽說，王子中槍已經死了嗎？」

女王歎了口氣：「他中槍之後，已全無生命氣息，所以大家都以為他死了。只是我不甘心，讓醫生繼續搶救，動手術從他腦裏取出子彈。手術後雖然救回他一命，但是由於中樞神經受損，他已成了植物人。我其實也一直擔心這是件謀殺案，為了保護已無抵抗能力的他，我就將計就計，說他死了。這事除了我之外，只有幾個人知道。我怕茜茜回來後，暴露王子未死的真相，給他帶來危險，所以匆匆在茜茜回國前安排假葬禮⋯⋯茜茜，對不起！」

茜茜公主拉着奶奶的手，說：「奶奶，我也得跟您說對不起。我一直誤會您，您生病時我也不去看您⋯⋯」

兩嫲孫拉着手，互相諒解。

小嵐擔心地看了看牀上的王子：「他一直沒有起色嗎？」

「是的。一點起色也沒有。」女王歎息着。

小嵐説：「不管是為了二王子的康復着想，還是為了米高王子的清白着想，我看都要想辦法讓二王子蘇醒。」

　　「對！小嵐，你能幫我嗎？」女王抓住小嵐的手，像抓住一根救命稻草一樣，「孩子，謝謝你幫我解開了王子兩次調包之謎。現在，你能再幫我一次嗎？我什麼辦法都試過了，麥克就是昏迷不醒。孩子，請幫幫我，幫幫我！」

　　女王竟大哭起來。可憐天下父母心，面對昏迷不醒的兒子，女王已全不顧一國之君的威嚴顏面了。

　　「女王奶奶，您別哭，我一定幫您，一定想辦法幫您。」小嵐安慰着女王。

第十八章

兩棲公主

已經是一個星期之後了。

這天，小嵐一早陪着女王來到麥克病房外面，透過那塊玻璃牆，可以清楚地看到裏面有兩名戴口罩的醫生和兩名護士。其中一名醫生神情專注地，把一根又一根幾寸長的銀針分別插進麥克的頭上和身上。

女王擔心地問小嵐：「孩子，針灸真的能讓麥克醒來嗎？」

小嵐説：「不敢説一定可以，但有希望。針灸是中國最早的醫學，它以金屬製成的細針，刺入人體穴位，以刺激內部的神經，再發生一連串的反應而使身體得到調整。針灸的功效有時比西醫的物理治療效果更好。既然西醫對麥克王子的病情束手無策，那麼試試針灸，也許是最好的方法。」

女王有點着急：「都針灸了快一個星期了，好像還沒見效果呢！」

小嵐安慰說：「別着急，針灸要起碼一個療程才起作用呢！」

針灸醫生把針全部插上後，又坐在一旁仔細觀察病人的臉色。一會又和另一位醫生在交換意見，對病人十分認真。過了大半個小時，他又一根一根地把銀針全部拔出。之後吩咐了護士一些什麼，就和另一位醫生一塊出來了。

「你辛苦了！」女王迎了上去。

「別客氣！」那位施針的醫生邊說邊脫口罩，啊，原來竟是萬卡！

萬卡怎麼會來了胡魯國，替麥克針灸呢？原來他讀醫科時，因為對中國醫學感興趣，特地到中國實習了一年。期間他還跟一名著名中醫師學針灸，由於他天資聰敏，很快就掌握了要領，成為老師最優秀的門徒。

小嵐因為知道針灸的神奇作用，便想在二王子身上試試，看看能否令他醒來。華生醫生一力主張請萬卡來幫忙，小嵐原先還怕他太忙來不了，誰知小嵐電話一到，萬卡二話不說便答應了。他把國務託付給萊爾首相和賓羅大臣，連夜搭專機來到胡魯國。

女王說：「麥克今天怎樣了？」

萬卡說：「根據他身體各項指數看，情況有好轉。」

「啊！那太好了！」女王開心得聲音有點發抖，「真謝謝你，謝謝你的幫忙！」

萬卡說：「別客氣，我們是友好鄰邦嘛！」萬卡說完，微笑着看了小嵐一眼，那潛台詞分明是：小嵐的要求，我哪會不幫忙。

小嵐讀懂了他的眼神，嗔怪地瞪了他一眼，但心裏卻甜滋滋的。

萬卡想單獨跟小嵐說說話，便對女王說：「您站在這裏大半小時了，也累了，請回去休息吧！小嵐留在這裏，二王子有什麼情況，讓她告訴您好了。」

「你替麥克針炙，不更累嗎？我看你也得回迎賓樓休息一會兒，這裏有華生醫生就行了。」女王大聲喊安娜，叫送萬卡國王回去休息，又對小嵐說：「孩子，你陪我回去！」這段時間，女王簡直把小嵐當成小孫女了，出入都把她帶在身邊。

小嵐「哎」地答應了一聲，便扶着女王走了。

萬卡無奈地望着她的背影，看着她和女王消失在

拐角處，便打算跟安娜回迎賓樓。

　　突然，一名護士從病房裏衝了出來，大聲喊道：「萬卡醫生，快！快！」

　　萬卡一聽，拔腿就跑進病房。女王和小嵐也聽到了喊聲，急忙折返。

　　「麥克，麥克！你千萬別出事！」女王走近玻璃窗，喊道。

　　小護士在玻璃窗裏面抱歉地朝女王鞠了個躬，便把窗簾放下了。

　　女王急得手都在發抖，小嵐心裏也很着急，但她不能表露出來，怕更加嚇怕了女王。

　　過了一會，房門打開了，萬卡走了出來。他一反平日矜持，興高采烈地喊着：「麥克醒了！」

　　「兒子啊！」女王尖叫着，不顧一切地急步走入病房。

　　小嵐喜出望外，跟着女王進去了。

　　病牀上，麥克用一雙呆滯而又迷惘的眼睛看着眼前一切，見到女王進來，他突然顯得異常激動。

　　女王抓住兒子一隻手，淚如泉湧。

　　兩行淚水從麥克眼角流淌出來。

為了麥克王子健康，萬卡勸女王先離開，因為王子剛醒，不可以太激動，而且，他要和其他幾個醫生一起給王子會診，檢查身體康復情況。如果王子沒什麼大問題，會馬上通知親屬來見。

女王儘管很不想離開，但還是在小嵐的勸說下，回宮去了。

半路碰到儲妃、約翰，還有曉晴姐弟。儲妃聽到二王子蘇醒的消息後，激動得差點昏倒，她嚷着要馬上去見麥克，但被小嵐勸住了。大家聚在女王寢宮等候消息。

直到午飯後，小嵐才接到萬卡電話，說麥克王子身體狀況良好，只要休息一段時間，就能恢復至原來狀態。

「太好了！」大家高興得互相擁抱慶賀，之後急急地趕去見麥克了。

去到病房門口，大家見到米高和茜茜公主等在那裏。原來茜茜公主在小嵐等幾個朋友勸說下，已原諒了父親。父女倆早上一齊來探視麥克，卻聽到麥克蘇醒的好消息，於是一直等在門口，沒有離開。

大家一齊進入病房。麥克斜靠在牀上，精神比早

上剛蘇醒時好多了。他激動地看着走在前面的母親、妻子、兒子，他伸出手，拉住了他們三個人的手。大家相對無言，只是流淚。

麥克好像突然想起了什麼，他用眼睛搜索着，像在找誰。小嵐見了，把米高王子帶到病牀前。

麥克把米高上下打量了一番，好像顯得很欣慰，他說：「我的槍走火，幸虧沒傷着你。」

米高激動地說：「太好了麥克，你連打獵時發生的事都記得，證明你沒事了！」

麥克說：「我當然記得，我把獵槍擲向野豬，誰知扔到一棵樹幹上，接着槍膛裏竟然飛出子彈，向我們飛來，我受了重重一擊，之後就什麼都不知道了。我清醒之後，還一直擔心，不知道還有沒有子彈射出，傷了你。」

「你自己傷得那麼重，還擔心我！」米高流了淚，「幸好你醒來了，要不我這輩子都難辭其咎。」

麥克說：「自從我醒來以後，就聽到大家一直叫我麥克，莫非……」

米高慚愧地說：「對不起，我違背了小時候的誓言，我把調換身分的事說出來了。」

麥克聽了，反而顯得很開心，他說：「其實，我還得感謝你有勇氣把事情說出來呢！小時候做的糊塗事，我一直十分後悔，就像自己的王儲身分是從你那裏『偷』來的。我也很想說出真相，只是怕說出來我們兩兄弟都會受到懲罰。你能說出來，做了我不敢做的事，以後我可以堂堂正正做回麥克了。」

「沒想到你一點都不怪我！你真是我的好弟弟！」

兩兄弟緊緊相擁，場面感人。

麥克又拉着母親的手，流着淚請求寬恕：「媽媽，你要懲罰的話，就罰我吧！不要怪哥哥。」

米高搶着說：「不！有罪就讓我一個人頂好了，不要傷害弟弟。」

女王哭着摟住兩個兒子：「好兒子，媽媽怎捨得懲罰你們，只是你們做事太荒唐，難掩悠悠眾人之口。」

眼前場面令小嵐好感動，她覺得不應該讓任何一個人受罰。她說：「女王奶奶，其實問題不難解決。對外，我們可以當什麼事都沒發生過。幾十年前王子沒有調換身分，被冊封的王儲就是米高王子；槍擊事

件沒有人假冒王儲。事情只是，麥克王子中槍成為植物人，因為不排除有人潛入獵場暗殺，為安全起見及查明兇手，暫對外宣布王子身亡。現在王子蘇醒，説出真相，其實是他自己走火，與別人無關。那就可以一切回復正常，誰也不會受到懲罰，誰也不會有微言，舉國上下，只會為二王子的康復而高興。」

萬卡也點頭説：「小嵐説得對！問題可以這樣解決。」

多時沒説話的曉星，這時也雀躍地説：「是呀，我也贊成！我覺得兩位王子叔叔都是好人，不應該受到懲罰。」

曉晴也説：「我也贊成！我保證不會洩露秘密。我知道華生醫生也一定不會説出去的，是吧？」她用温柔的眼神看着華生醫生。

「對對對，一定不會洩露。」華生醫生點頭説。

這時約翰和茜茜公主也跪在女王面前，請求説：「奶奶，請您考慮小嵐的意見，原諒父親他們吧！」

女王激動得説不出話來，只是哭着點頭，點頭。

女王、兩位王子、儲妃、約翰和茜茜，一家人相擁着，流着開心的淚水。

女王更是百感交加。幾天前她身邊還是一片愁雲慘霧，一個兒子雖生猶死，一個兒子又背負殺人嫌疑，現在所有謎團真相大白，兩個兒子健健康康、相親相愛，一切問題都完滿地解決了。

　　「小嵐、萬卡、曉晴曉星，好孩子，來奶奶身邊。」女王一手拉着小嵐，一手拉着萬卡，激動地說，「自從槍擊案之後，我們皇室差點就陷入萬劫不復之地。之所以雨過天青，全靠你們這些好孩子。這次揭破所有謎團，還米高清白，又提出針灸治療麥克的方案，請來萬卡國王，令麥克恢復健康，這全是小嵐的功勞；還有萬卡國王，堂堂大國之君，竟然答應放下國務，來這裏為我兒子治病。在所有醫生都束手無策的時候，妙手回春，把我兒子治好。你們兩位，是我們皇室的大恩人，我們永遠感謝你們！當然，還有曉晴曉星，在我最痛苦憂愁的時候，給了我最大的支持、快樂和温暖……」

　　女王剛說完，馬上響起一陣「劈劈啪啪」的掌聲，一班王子王孫，含着眼淚為這些聰明又善良的孩子鼓掌。

　　女王又說：「我國今後會與烏莎努爾世代友好，

來報答萬卡國王救命之恩；而小嵐公主，我想贈送她一樣東西。就是，我以女王的名義，封小嵐為胡魯國公主，享受和茜茜公主一樣的待遇。從此，她也就是我的小孫女。」

「好啊！」大家又興奮地鼓起掌來。尤其是那些孩子，簡直開心得瘋了。

茜茜公主跑到小嵐跟前，拉着小嵐的手搖晃着：「好啊好啊，今後有人陪我玩了！」

約翰也眉開眼笑：「真好，我又多了一個聰明漂亮的妹妹了！」

曉星「哇」了一聲：「小嵐姐姐，你好厲害啊，你現在是兩個國家的公主，成了『兩棲公主』了。」

女王又說：「至於可愛的曉晴曉星，我很希望你們能做我的乾孫女、乾孫兒，不知你們願不願意。」

曉晴曉星馬上異口同聲地說：「願意！」

茜茜公主和約翰見到又多了弟弟妹妹，更開心了，大家歡呼擁抱，又跳又叫。

小嵐看着眼前的歡樂情景，心中一塊石頭落了地，自己終於不負茜茜公主所託，令胡魯國皇室大團圓結局了。

她得意地想，天下事難不倒馬小嵐！

兩天後，小嵐、萬卡和曉晴姐弟離開了胡魯國。

「皇家一號」平穩地在高空飛行，因為有機師隨行，所以這次萬卡可以開開心心地和小嵐他們一起，

坐在客艙裏聊天了。這次出使胡魯國，幫助偵破了王子槍擊案，大家都很興奮，曉晴和曉星一直沒停過嘴，講述小嵐精彩的破案經過。萬卡沒作聲，只是笑瞇瞇地坐着，聽着曉晴姐弟説話，不時向心愛的女孩小嵐投去欣賞和佩服的目光。

曉晴對小嵐説：「小嵐，你膽子真大啊！當你讓茜茜公主假裝病危要輸Oh型血、逼假王儲暴露身分時，我真捏了一把汗呢！要是你估計錯了，那位代理國王是真王儲的話，那你就犯了欺君大罪了。」

　　小嵐滿不在乎地笑着，説：「我才不怕呢！一，我對自己的判斷有信心；二，我對萬卡有信心，即使我闖了彌天大禍，他也會保護我的。萬卡，對吧？」

　　萬卡馬上説：「一定！即使是用我的皇位去換你的安全，我也願意！」

　　曉晴發出一聲尖叫：「好Man啊！真讓人羨慕死了！小嵐，我多希望有這樣的男朋友啊！」

　　小嵐突然露出狡黠的笑容：「你不用羨慕，只要多埋幾個願望盒子，你也會願望成真的。」

　　「啊！你是怎麼知道的？！」曉晴頓時滿臉緋紅，她跳起來追打小嵐，「你壞，你壞……」

　　「哈哈哈哈！」小嵐笑着逃開了。

公主傳奇4

不是公主不聚頭（修訂版）

作　　者：馬翠蘿
繪　　畫：滿丫丫
責任編輯：龐頌恩
美術設計：陳雅琳
出　　版：新雅文化事業有限公司
　　　　　香港英皇道499號北角工業大廈18樓
　　　　　電話：（852）2138 7998
　　　　　傳真：（852）2597 4003
　　　　　網址：http://www.sunya.com.hk
　　　　　電郵：marketing@sunya.com.hk
發　　行：香港聯合書刊物流有限公司
　　　　　香港新界大埔汀麗路 36 號中華商務印刷大廈 3 字樓
　　　　　電話：（852）2150 2100
　　　　　傳真：（852）2407 3062
　　　　　電郵：info@suplogistics.com.hk
印　　刷：中華商務彩色印刷有限公司
　　　　　香港新界大埔汀麗路 36 號
版　　次：二〇一九年八月初版

ISBN：978-962-08-7338-6